James M. Cain

Faux
en écritures

*Traduit de l'américain
par Sabine Berritz*

Gallimard

Cette nouvelle est extraite du recueil *Assurance sur la mort* (Folio n° 1432).

James Mallahan Cain est né en juillet 1892 dans le Maryland. Étudiant brillant au Washington College, dont son père est le directeur, il suit des études musicales et rêve de devenir chanteur. Mais sa mère, ancienne chanteuse d'opéra, le lui déconseille… Il se tourne alors vers l'écriture et, pour payer ses études, travaille comme agent d'assurances tout en enseignant l'anglais et les mathématiques. Après son diplôme, il fait ses débuts de reporter, mais il est mobilisé et envoyé en France. De retour aux États-Unis, il réintègre le *Sun* à Baltimore, puis publie des articles dans divers journaux. En 1931, il s'installe à Hollywood et écrit des scénarios pour les grands studios. Son premier roman, *Le facteur sonne toujours deux fois*, paraît en 1934. Ce drame passionnel, dans lequel Cora fait assassiner son mari par son amant, est une œuvre brutale écrite dans un style direct et efficace. Il sera porté à l'écran plusieurs fois. En 1936, il publie en feuilleton *Assurance sur la mort*, texte qu'il réunit ensuite en volume avec *Faux en écritures* et *Carrière en do majeur*. En 1937, paraît *Sérénade* et, en 1941, *Mildred Pierce*, magnifique portrait de femme. Suivent de nombreux romans noirs : *Le bluffeur*, *Au-delà du déshonneur*, *Butterfly*, roman de la passion trouble d'un homme pour celle qu'il croit être sa fille… James Cain est mort en 1977 dans le Maryland.

James Cain raconte la passion et la fatalité, faisant passer dans ses livres ce que les tabous et la censure lui interdisent de montrer à l'écran. Son style réaliste et ses intrigues efficaces ont fait de lui l'un des maîtres du roman noir.

Découvrez, lisez ou relisez les livres de James M. Cain :

ASSURANCE SUR LA MORT (Folio n° 1432)

AU-DELÀ DU DÉSHONNEUR (Folio n° 1701)

LE BLUFFEUR (Folio n° 2874)

DETTE DE CŒUR (Folio n° 1763)

LE FACTEUR SONNE TOUJOURS DEUX FOIS (Folio Policier n° 122)

MILDRED PIERCE (Folio n° 722)

SÉRÉNADE (Folio n° 1475)

I

Je l'ai rencontrée pour la première fois le soir où elle est venue chez moi. Elle m'avait téléphoné et elle avait demandé à me voir pour affaires. Je n'avais pas la moindre idée de ce qu'elle me voulait, mais je supposais que cela avait un rapport quelconque avec la banque. À cette époque j'exerçais la fonction de caissier avenue Anita, dans la plus petite des trois succursales que nous avions à Glendale. À la maison mère de Los Angeles, j'étais sous-directeur, mais on m'avait délégué avenue Anita, incognito en quelque sorte, pour vérifier, non pas ce qui clochait, mais au contraire ce qui marchait si bien. En effet, les dépôts d'épargne y étaient deux fois plus importants que dans tous nos autres comptoirs et le grand Patron avait jugé qu'il était temps d'aller sur place examiner d'où cela provenait, au cas où quelqu'un aurait inventé un truc nouveau dont le monde bancaire n'aurait pas encore entendu parler.

Je découvris assez vite le truc. C'était son mari, un nommé Brent, appointé comme caissier principal et responsable du service des dépôts, qui l'avait sinon inventé, mais au moins créé. Peu à peu, il était devenu le conseiller financier de tous les ouvriers qui portaient leurs économies à nos caisses. Il s'intéressait tellement à eux, les suivait de si près, veillait si sévèrement à leur épargne et les persuadait si bien de la nécessité de songer à l'avenir, que la moitié d'entre eux avaient entièrement payé leur maison et qu'aucun ne laissait s'amenuiser son compte en banque. C'était magnifique pour nous. C'était encore mieux pour les ouvriers. Et néanmoins, ce Brent ne m'inspirait pas confiance et je n'aimais pas du tout la façon dont il menait cette affaire. Je l'avais invité à déjeuner, mais il s'était trouvé si occupé ce jour-là que cela avait été impossible. J'avais donc attendu la fermeture de nos bureaux pour l'accompagner jusqu'au drugstore où il prenait un verre de lait, afin de tenter de découvrir comment il arrivait à obtenir les versements réguliers, chaque semaine, et pour savoir s'il croyait que sa méthode pourrait être appliquée ailleurs. Au début, tout avait été mal, car il était convaincu que je voulais surtout critiquer son travail et il m'avait fallu une demi-heure pour l'apprivoiser. C'était un drôle de type, si susceptible qu'on pouvait à peine lui parler, et si sacristain d'aspect qu'on comprenait tout de suite pourquoi il considérait son service comme une sorte de mission dont il était chargé auprès des gens qui lui remettaient leurs économies. Il avait à peu près trente ans, mais il paraissait plus âgé. Il était grand et mince, avec un commencement de calvitie. Il marchait avec une canne et son teint était d'un gris qu'on ne trouve pas chez un homme bien portant. Quand il eut bu son lait et mangé deux gaufrettes qui avaient été servies en même temps, il prit un cachet dans une enveloppe qu'il sortit de sa poche, le fit dissoudre dans un peu d'eau et l'avala.

Mais, même lorsqu'il eut mis dans sa tête que je ne cherchais pas à fourbir une arme contre lui, il ne me renseigna pas davantage. Il me répéta qu'on n'obtenait ces dépôts que par des contacts personnels, que l'employé qui était derrière le guichet devait donner au dépositaire l'impression qu'il désirait réellement que le compte grossît comme si c'était le sien. Un instant, ses yeux eurent un regard presque céleste lorsqu'il me déclara qu'on ne pouvait donner cette assurance à un client que si on était vraiment sincère. Pendant quelques secondes, il parut s'animer un peu, mais cela ne dura pas. Tel que je l'écris maintenant, cela semble très naturel, mais alors, cela ne me dit rien de bon. Aucun grand organisme n'accepte de fonder entièrement ses affaires sur des contacts personnels, au moins tant qu'il peut l'éviter. Qu'on s'attache à la banque, soit, mais jamais à un homme, car cet homme peut être séduit par une offre meilleure et s'en aller avec la clientèle. Mais cela n'était pas la seule raison qui m'inquiétait. Quelque chose, dans ce type, ne me plaisait pas. Ce que c'était, je n'en savais rien et cela ne m'intéressait pas assez pour prendre la peine de m'y arrêter.

Aussi, lorsque deux semaines plus tard, sa femme me téléphona et demanda à me voir le soir même chez moi plutôt qu'à la banque, je répondis sans plus d'amabilité qu'il ne fallait. D'une part, je trouvais drôle qu'elle veuille venir chez moi ; ensuite, j'étais sûr qu'elle m'annoncerait une mauvaise nouvelle ; enfin, je songeais que si elle s'attardait, je ne pourrais pas aller au match de boxe du Stadium où je me réjouissais de me rendre. Cependant, à l'appareil, ne trouvant pas d'excuse valable, je répondis que je l'attendais et je l'attendis. Sam, le Philippin qui tenait ma maison, étant sorti, je préparai moi-même le plateau à cocktails, me disant que si elle était aussi bigote qu'il paraissait l'être, cela la choquerait assez pour qu'elle parte rapidement.

Cela ne risquait pas de la choquer. Elle était beaucoup plus jeune que lui. J'aurais parié pour vingt-cinq ans. Des yeux bleus, des cheveux bruns, une silhouette qui tirait l'œil. Elle était de taille moyenne, mais si joliment proportionnée qu'elle semblait petite. Qu'elle eût réellement un joli visage, je n'en sais rien, mais jolie ou non, elle avait une façon de vous regarder qu'on n'oubliait pas. Ses dents étaient larges, blanches, et ses lèvres juste un petit peu trop épaisses. Cela lui donnait une expression têtue, mais un de ses sourcils se retroussait de telle sorte dans son visage immobile qu'il en disait plus long que bien des femmes avec tous leurs traits.

Cela me frappa d'un seul coup, car je m'attendais à tout, sauf à une femme comme elle. Je pris son manteau et la suivis dans le living-room. Elle s'assit devant le feu, prit une cigarette, la tapa sur son ongle et regarda autour d'elle. Quand son regard atteignit le plateau à cocktails, elle avait déjà allumé sa cigarette, et elle accepta en hochant la tête, tandis que la fumée faisait des ronds devant elle : « Oui, j'en veux bien. »

Je ris et lui servis à boire. Que pouvions-nous dire de plus ? Cela nous fit mieux faire connaissance qu'une heure de conversation. Elle me posa quelques questions sur moi. Elle voulut savoir si j'étais ce Dave Bennett qui avait été « arrière » au U.S.C. et lorsque je répondis « oui » elle voulut deviner mon âge. Elle se trompa d'un an. Elle dit trente-deux et j'en avais trente-trois. Elle m'avoua qu'elle avait douze ans quand elle m'avait vu m'aplatir pour intercepter une passe. Je réfléchis qu'elle avait donc vingt-cinq ans comme je l'avais supposé. Elle sirota son cocktail. Je mis une bûche dans le feu. Je n'avais plus tellement envie d'aller au match de boxe. Quand elle eut fini de boire, elle posa son verre, me repoussa du geste quand je tentai de la servir de nouveau, et commença :

— Alors ?

— Alors ?

— Ça m'ennuie, ça ne va pas être très agréable…

— Allez-y quand même…

— Charles, mon mari, est malade.

— Cela ne m'étonne pas.

— Il a besoin d'être opéré.

— De quoi ? Puis-je vous le demander ?

— Bien sûr… Quoique ce soit très ennuyeux. Il a un ulcère au duodénum. Il se surmène trop. Il fatigue trop son estomac en travaillant comme il le fait. Il se donne trop à son travail, il refuse de prendre le temps de déjeuner, de se soigner, et voilà où il en est. Croyez-moi, c'est sérieux. S'il avait fait un peu plus attention à lui, on aurait pu éviter d'en arriver là. Mais il est allé jusqu'au bout et je crains, si maintenant on n'agit pas… eh bien cela risque de devenir très grave. Je peux bien vous l'avouer. J'ai vu aujourd'hui les résultats de son examen médical… S'il n'est pas opéré immédiatement, il risque de mourir dans le mois. Il est à un doigt d'une perforation.

— Alors ?

— C'est là que ça devient difficile…

— Combien ?

— Oh ! ce n'est pas une question d'argent. Ça, c'est arrangé. Il a une assurance qui paiera tous les frais. Il est comme ça, Charles. Tout est prévu.

— Alors, je ne vous comprends plus.

— Je n'arrive pas à le persuader qu'il doit se faire opérer. Si je lui montrais le rapport des docteurs, il accepterait peut-être, mais je ne veux pas l'effrayer outre mesure. Cependant, il est tellement plongé dans son travail, il y apporte un tel fanatisme qu'il se refuse absolument à le quitter. Il considère que ces braves gens, les ouvriers, se ruineront s'il ne reste pas là pour les obliger à faire des économies, à payer les traites de leur maison, à je ne sais quoi encore… Tout cela doit vous paraître idiot. Moi aussi, je trouve ça stupide. Mais c'est à cause de ça qu'il ne veut pas s'arrêter.

— Vous voulez que je lui parle ?

— Oui, mais ce n'est pas tout. Je crois que s'il était sûr qu'en son absence son travail sera fait comme il aime qu'il soit fait, s'il savait qu'il retrouvera ce même poste quand il sortira de l'hôpital, il céderait sans trop se faire prier. C'est ce que je suis parvenue à comprendre. Accepteriez-vous que ce soit moi qui le remplace à la banque ?

— C'est que… c'est un travail assez compliqué…

— Oh ! non, du moins pas pour moi. D'une part, je connais les détails aussi bien que lui. Et, par ailleurs, je connais les clients pour avoir accompagné Charles lorsqu'il allait les chapitrer afin qu'ils deviennent économes. J'ai déjà travaillé à la banque, c'est là que j'ai connu mon mari. Croyez-moi, je réussirai très bien, si toutefois cela ne vous ennuie pas que cela ait l'air d'un petit arrangement de famille.

Je réfléchis quelques minutes, ou tout au moins j'essayai de réfléchir. Certaines objections se présentaient à mon esprit, mais je n'en trouvais aucune qui vaille la peine de m'y arrêter. En réalité, cela m'arrangeait assez qu'elle remplace son mari si celui-ci entrait à l'hôpital. Ainsi, en son absence, le travail ne souffrirait pas et je n'aurais pas à échafauder tout un remaniement de personnel au cours duquel les trois autres employés s'enflammeraient sur un avancement qui ne serait pas de longue durée. Néanmoins, je ferais aussi bien de dire, ici, toute la vérité. Certes, je songeais à tout cela, mais ce qui comptait par-dessus tout pour moi, c'était elle. Je sentais qu'il ne serait pas du tout désagréable de l'avoir à mes côtés pendant les semaines suivantes. Elle m'avait plu dès le premier instant et pour moi au moins, elle valait le coup.

— Eh bien !… Je crois qu'on arrangera cela.

— Vous acceptez ?

— Bien sûr.

— Quel soulagement. J'ai horreur de demander quoi que ce soit.

— Si on buvait un autre verre ?

— Non, merci… ou bien un tout petit peu.

Je lui servis à boire et nous parlâmes un peu plus de son mari. Je lui expliquai comment son travail avait attiré l'attention de la Direction et cela parut lui faire plaisir. Mais brusquement je l'attaquai :

— Mais qui êtes-vous, vous ?

— Je croyais vous l'avoir dit.

— D'accord, mais je veux en savoir davantage.

— Oh ! moi, je ne suis rien du tout. C'est triste à dire. Voyons un peu : née à Princeton et sans nom pendant plusieurs jours à cause d'une querelle dans la famille. Puis, quand on crut que mes cheveux seraient roux, on m'appela Sheila, parce que cela a un petit air irlandais. À l'âge de dix ans, emmenée

en Californie, mon père ayant été nommé professeur d'histoire à l'Université de Los Angeles…

— Et qui est votre père ?

— Henry W. Rollinson.

— Ah ! oui, j'ai entendu parler de lui.

— C'est un prof pour vous ; pour moi, c'est
papa… Ensuite lycée. Dernière de la classe. Zéro
pour le collège. Je refuse d'y entrer. Je plaque tout
et je déniche du travail, dans votre succursale, en
répondant à une simple annonce. Je déclare que j'ai
dix-huit ans, alors que je n'en ai que seize. Pendant
trois ans, je travaille et j'obtiens un dollar d'augmentation par an. Puis Charles s'intéresse à moi et
je l'épouse.

— Et comment expliquez-vous ça ?

— Bah ! c'est arrivé, voilà tout.

— D'accord, cela ne me regarde pas. On n'en
parle plus.

— Vous nous trouvez mal assortis ?

— Plutôt.

— Cela me paraît si loin. J'avais alors dix-neuf
ans. À cet âge, on croit volontiers à des choses…
Enfin, on a un certain idéal…

— Et maintenant ?

La question m'avait échappé et ma voix trembla.
Elle finit de boire et se leva.

— Que puis-je ajouter pour compléter cette bio-
graphie express ? J'ai deux enfants, cinq ans et trois
ans. Deux filles et toutes deux charmantes, bien
entendu. Dois-je vous dire encore que je fais partie

de la chorale Eurydice… Cette fois, c'est bien tout. Il faut que je parte.

— Où avez-vous mis votre voiture ?

— Je ne conduis pas. J'ai pris l'autobus.

— Alors, puis-je vous accompagner ?

— Ce serait très gentil à vous… À propos, n'oubliez pas que Charles serait furieux s'il savait que je vous ai parlé de lui. En principe, je suis allée au cinéma. Demain, et ensuite, ne me vendez pas…

— Promis, ce sera un secret entre nous.

— Cela peut vous paraître bizarre, mais Charles est si ombrageux.

J'habitais avenue Franklin à Hollywood, et elle Mountain Grave, à Glendale. Il faut vingt minutes pour faire le trajet, mais lorsque nous fûmes devant sa maison, je continuai à rouler :

— Jamais le cinéma ne finit si tôt. Impossible de rentrer maintenant !

— Vous croyez ?

Nous allâmes du côté des collines. Jusque-là, nous avions bavardé très gentiment, mais à partir de cet instant, un peu gênés, nous restâmes silencieux. Quand je redescendis sur Glendale, les gens sortaient du cinéma Alexandre. Je la déposai au coin de la rue, à quelques pas de sa maison. Elle me serra la main.

— Et merci mille fois.

— Soufflez-lui l'idée et l'affaire est faite.

— … Je me sens très coupable, mais…

— Quoi ?

— J'étais vraiment bien avec vous.

II

Elle m'avait facilement convaincu, mais avec Brent ce fut une autre histoire. Il hurla, refusa carrément d'entrer à l'hôpital ou de faire quoi que ce fût, estimant que pour se soigner, il lui suffisait d'avaler des cachets. Elle me téléphona trois ou quatre fois à ce sujet et, chaque soir, la conversation se prolongea un peu plus. Mais, un jour, Brent s'affaissa derrière son guichet. Je dus le renvoyer chez lui en ambulance et cela coupa net ses protestations. On l'expédia à l'hôpital et, le lendemain, elle prit sa place à la banque. Les choses allèrent exactement comme elle l'avait prévu : le travail était admirablement fait et les dépositaires s'amenaient bravement, tout comme avant.

Dès le premier soir où Brent fut à l'hôpital, je m'y rendis avec un panier de fruits. C'était plutôt un cadeau officiel de la banque qu'une attention particulière de ma part. Sheila était auprès de lui et, bien entendu, je lui offris de la ramener chez elle. Je l'emmenai. J'appris qu'elle s'était arrangée avec la bonne pour que celle-ci couchât à la maison tant que Brent serait malade, si bien que nous allâmes encore faire un tour. Lorsqu'on eut radiographié Brent, on l'opéra. Tout se passa bien et nous, nous prîmes des habitudes. Je découvris un cinéma d'actualités tout proche. Je m'y installais tandis qu'elle montait le voir, puis nous partions pour une promenade.

Je ne lui fis pas d'avances. Elle ne me raconta pas que je ressemblais peu aux hommes qu'elle avait déjà rencontrés. Ce ne fut pas du tout comme ça. Nous parlions de ses enfants, des livres que nous avions lus. Elle me rappelait parfois mes anciens matches de football et ce qu'elle m'avait vu faire. Mais la plupart du temps, nous nous baladions sans rien dire et je ne pus m'empêcher de me réjouir lorsqu'elle m'annonça que les docteurs tenaient à ce que Brent restât à l'hôpital jusqu'à ce qu'il fût sur pied. Il aurait bien pu y demeurer jusqu'à la Saint-Glinglin, je n'en aurais pas été fâché.

Notre succursale de l'avenue Anita est, je crois vous l'avoir déjà dit, la plus petite que nous ayons. C'est une petite banque au coin d'une rue, avec un drugstore juste en face. Elle emploie six personnes : un caissier, un chef comptable, deux autres comptables, une secrétaire qui tient les livres et un gardien. George Mason était le caissier en titre, mais on l'avait transféré ailleurs pour que je prenne sa place. Sheila était chef comptable en remplacement de Brent. Snelling et Helm étaient les deux autres comptables. Miss Church tenait les livres et le gardien s'appelait Adler. Tout de suite, Miss Church avait fait beaucoup de frais pour moi, ou tout au moins, j'avais cru que c'étaient des frais. Nous devions assurer une permanence au moment du déjeuner. Elle avait insisté pour que, moi, je prenne une heure entière, affirmant qu'elle pouvait remplacer n'importe qui derrière n'importe quel guichet et que, par ailleurs, j'avais besoin de prendre l'air. Mais je tenais à faire mon travail comme les autres, aussi je ne m'accordais qu'une demi-heure pour déjeuner et, moi aussi, je répondais à n'importe quel guichet. Cela m'amenait parfois à rester absent de mon propre bureau pendant deux heures.

Un jour où Sheila était sortie pour déjeuner, les autres rentrèrent un peu plus tôt et je pus m'en aller à mon tour. Nous mangions tous dans un petit café au bout de la rue. Quand j'y pénétrai, Sheila était assise toute seule à une table. Je me serais bien assis auprès d'elle, mais elle ne leva pas la tête et je crus devoir m'installer deux tables plus loin. Sheila regardait par la fenêtre en fumant.

Bientôt, elle écrasa sa cigarette et vint vers moi.

— Vous êtes bien fière aujourd'hui, Mrs Brent.

— C'est que j'écoutais des choses intéressantes.

— Ah ? Les deux types du coin ?

— Vous ne savez pas qui est le gros ?

— Non.

— C'est Bunny Kaiser, le fameux marchand de meubles de Glendale. Vous connaissez son slogan : «Chez Kaiser tout ce qui peut plaire.»

— Ce n'est pas lui qui fait construire un grand immeuble ? Il me semble avoir vu quelque chose à ce sujet, à la banque ?

— C'est lui, et il ne veut pas d'associés. Il tient à tout payer lui-même. Il a commandé une grande bâtisse très luxueuse avec son nom en lettre grandes comme ça sur la porte. Mais cela dépasse ses prévisions, et il est un peu à court d'argent. Déjà, on a monté le premier étage et l'entrepreneur réclame un paiement. Kaiser a besoin d'une centaine de mille balles. Dites-moi, si une fille adroite vous apportait cette affaire, est-ce que vous lui donneriez de l'augmentation ?

— Mais, vous, dites-moi comment elle s'y prendrait pour décrocher ça ?

— Et le sex-appeal ? Est-ce que je n'en ai pas ?

— Je n'ai jamais dit ça.

— Dieu merci.

— Alors, c'est d'accord ?

— Donc ?

— Quand doit être fait le premier versement ?

— Demain.

— Ouch ! Cela ne nous donne pas beaucoup de temps.

— Laissez-moi faire et c'est réglé.

— Entendu. Il nous demande ce prêt et vous obtenez une augmentation de deux dollars.

— Deux et demi.

— O.K., deux et demi.

— Je serai en retard tout à l'heure à la banque.

— Je vous remplacerai.

C'est ainsi que je pris sa place.

Vers deux heures un conducteur de camion entra,

toucha son chèque chez Helm, puis vint vers moi pour déposer dix dollars. Je pris son livret, inscrivis le montant, rangeai les dix dollars pour que Sheila les mette dans sa caisse quand elle rentrerait. Il faut que je vous explique : chaque employé a sa propre caisse qu'il ferme à clef quand il sort et dont le contenu est vérifié une fois par mois. Mais quand, dans notre classeur, je pris la fiche correspondant au livret, je m'aperçus que le total était inférieur de 150 dollars au total inscrit sur le livret.

Dans une banque, vous ne devez jamais laisser le client remarquer quoi que ce soit. Vous devez sourire : tout va très bien, et c'est vrai pour le client puisque, en fin de compte, c'est la banque qui est responsable. Ce qui est inscrit sur le livret est au client. En aucun cas, il ne peut perdre. Cependant, sous mon sourire, je sentis mes lèvres se refroidir. Je repris le livret comme si j'avais encore d'autres choses à y inscrire et j'y envoyai une énorme tache d'encre.

— Eh bien ! j'ai fait du joli.

— Comme décoration, ce n'est pas mal.

— Excusez-moi. J'ai beaucoup de travail pour le moment. Cela vous ennuierait-il de me confier votre livret ? Quand vous reviendrez, j'en aurai préparé un autre tout neuf.

— Si ça vous arrange, d'accord, chef !

— De toute façon, il commençait à avoir besoin d'un remplaçant.

— Oui, il était un peu fatigué.

En parlant ainsi, j'avais établi un reçu sur lequel j'avais inscrit le total exact des économies et je le lui remis. Il s'en alla et je posai le livret dans un coin. Cela m'avait pris un peu de temps et déjà trois autres personnes attendaient derrière mon chauffeur. Les deux premiers livrets que l'on me présenta correspondaient exactement avec nos fiches, mais le dernier dénonçait une différence de deux cents dollars au profit du client. Cela m'ennuyait d'employer le même truc, mais il me fallait absolument conserver ce livret. Aussi, tout en écrivant, je fis tomber une grosse larme d'encre au milieu de la page.

— Dites donc, vous avez une fichue plume.

— Dites plutôt que je suis un fichu employé. C'est que je suis nouveau dans le métier. Je suis seulement là pour remplacer Mrs Brent et je me dépêche. Si vous voulez bien me laisser votre livret…

— Bien sûr, pourquoi pas ?

Je fis donc un nouveau reçu et il partit tandis que je rangeais le livret près de l'autre. N'ayant plus personne à servir, je confrontai les deux livrets avec leurs fiches. Les deux comptes, sur nos fiches, indiquaient des retraits allant de vingt-cinq à cinquante dollars qui n'étaient pas reportés sur les livrets.

Or, mes amis, tout doit nécessairement être inscrit sur le livret, puisque celui-ci constitue une sorte de contrat par lequel nous sommes liés. Le client ne peut rien retirer sans que nous notions nous-mêmes ce qu'il prend. J'eus vaguement mal à l'estomac. Je me souvins de la façon adroite dont Brent m'avait développé ses idées sur la nécessité de maintenir ce service par des contacts personnels. Je me souvins de l'obstination avec laquelle il avait refusé d'entrer à l'hôpital, alors que n'importe quel homme normal aurait supplié d'y être admis. Je me souvins enfin de cette première visite que m'avait faite Sheila au cours de laquelle elle m'avait dit combien son mari prenait à cœur son travail, et l'entêtement qu'elle avait mis à le remplacer à la banque.

Tandis que tout cela roulait dans ma tête, je continuais machinalement à examiner les fiches. J'avais dû être un peu abasourdi, lors de ma découverte, car maintenant je découvrais, sur les cartons, de légères indications au crayon en face de chacun des faux retraits. J'eus soudain l'impression que je tenais le code. Il fallait bien qu'il y eût un code pour que rien ne transpirât. Si, sans apporter son livret, un client venait demander le montant de ses économies, il devait être capable de le lui dire immédiatement. Je scrutai toutes les fiches. Il y avait des traces au crayon sur la moitié d'entre elles. Ces indications étaient toujours faites en face de retrait, jamais devant un dépôt. J'eus bien envie d'enregistrer ces chiffres sur la machine à calculer pour me rendre compte de ce que cela représentait, mais je ne le fis pas. Je craignais que Miss Church, avec son zèle intempestif, ne m'offrît ses services. Je repris donc les fiches, l'une après l'autre, lentement, et je fis les additions mentalement. Je m'inquiétais peu que ce soit tout à fait juste. J'ai l'esprit assez arithmétique et il m'arrive de faire sans difficulté quelques-uns de ces tours de passe-passe que l'on admire dans les music-halls, mais j'étais trop nerveux pour être sûr de moi. D'ailleurs, ce jour-là, cela n'avait aucune importance. Je ne pouvais pas me tromper de beaucoup. Lorsque j'eus additionné tout ce qu'indiquaient les petites encoches, cela faisait un total qui n'atteignait pas loin de 8 500 dollars.

Juste avant la fermeture de la caisse, vers trois heures, Sheila entra avec Bunny Kaiser. Je découvris bientôt pourquoi le sex-appeal avait si vite réussi là où nos meilleurs démarcheurs avaient échoué quelques semaines auparavant. Bunny Kaiser empruntait de l'argent pour la première fois de sa vie et, non seulement cela lui était fort désagréable, mais il avait tellement honte qu'il osait à peine me regarder. Pour qu'il se sentît moins gêné, elle se gardait bien de parler de l'affaire et se contentait de lui tapoter gentiment la main. C'était presque touchant de voir comme il se laissait conduire. Au bout d'un moment, elle me fit signe qu'il fallait agir. Je quittai le guichet, fermai la salle des coffres et renvoyai tout le monde aussi vite que je pus. Ensuite, nous réglâmes les détails, j'appelai la maison mère pour obtenir son O.K., et Bunny Kaiser s'en alla vers quatre heures et demie. Toute joyeuse, Sheila me tendit la main. Je la pris. Elle se mit à gambader autour du bureau, claquant les doigts et chantant en dansant. Brusquement, elle s'arrêta et se secoua comme une enfant inquiète :

— Qu'est-ce que j'ai fait ? Qu'est-ce qui ne va pas ?

—… Rien. Pourquoi ?

— Vous avez une façon de me regarder…

— Je regardais… votre robe.

— Elle ne vous plaît pas ?

— Elle ne ressemble pas à celles que portent généralement les employées de banque. Elle n'a vraiment pas l'air d'une robe de bureau…

— Je l'ai faite moi-même.

— Ça doit être ça.

III

Mes amis, si vous voulez vous rendre compte à quel point vous tenez à une femme, essayez de vous mettre dans la tête qu'elle vous prend pour un jobard. Je tremblais en rentrant chez moi. Je tremblais encore en montant dans ma chambre pour m'étendre. J'étais en face d'un beau scandale et il me fallait prendre une décision. Mais il m'était impossible de penser à autre chose qu'à la façon dont j'avais été roulé. Quel imbécile j'étais. Je me sentais rougir en me souvenant de nos promenades en auto au cours desquelles, étant donné la femme qu'elle était, j'avais voulu me tenir comme un gentleman. Puis, j'imaginais à quel point elle devait se moquer de moi et j'enfonçai davantage ma tête dans l'oreiller. Au bout d'un moment, je pensai à la soirée qui venait. J'avais rendez-vous avec Sheila pour la conduire à l'hôpital, ainsi que je l'avais fait la semaine précédente. Je me demandai si j'irais. Au fond, j'aurais voulu lui flanquer une bonne raclée et ne plus jamais la voir, mais je ne le pouvais pas. Après ce qu'elle m'avait dit à la banque sur la manière dont je la regardais, elle aurait pu croire que je faisais le malin en ne venant pas. Je n'étais pas encore prêt à cela. Quoi que je décide à la banque, je devais prendre le temps de réfléchir.

Aussi, j'allai l'attendre au coin de la rue, non loin de sa maison, là où nous nous rencontrions pour éviter que les voisins bavardent comme ils l'auraient fait si j'étais venu devant sa porte. Quelques minutes plus tard, elle apparut. Je donnai le petit coup de klaxon convenu et elle monta dans la voiture. Elle ne fit aucune allusion à la manière dont je l'avais regardée, ni à ce que nous avions pu dire. Elle se contenta de se réjouir de la belle affaire Kaiser, d'imaginer toutes celles que nous pourrions conclure si je la laissais agir. Je la suivis dans cette voie et pour la première fois depuis que nous nous connaissions, elle se montra un peu flirt. Oh ! à peine. Juste quelques allusions au *team* que nous formerions si nous le voulions. Mais cela me rappela ce qui m'avait fait rougir quelques heures auparavant et lorsqu'elle entra dans l'hôpital, je tremblais à nouveau.

Ce soir-là, je n'allai pas au cinéma. Je restai assis dans la voiture pendant l'heure entière qu'elle passa auprès de son mari. Plus le temps passait, plus j'étais furieux. Je la haïssais quand elle revint et soudain, tandis qu'elle s'asseyait à côté de moi, une idée me frappa comme un coup de poing. Si elle jouait ainsi avec moi, jusqu'où pousserait-elle son jeu ? Je la regardai allumer sa cigarette et je sentis ma bouche devenir sèche et chaude. À moi de savoir. Au lieu de me diriger, comme d'habitude, vers les collines, vers l'océan ou vers l'un des endroits où nous aimions aller, je pris le chemin de ma maison.

Nous entrâmes et j'allumai le feu sans éclairer le living-room. Je marmonnai quelque chose et je partis vers la cuisine. En réalité, je voulais seulement savoir si Sam était sorti. Il n'était pas là. Cela signifiait qu'il ne rentrerait pas avant une ou deux heures du matin. Tout allait bien. Je préparai un cocktail et revins auprès d'elle. Elle avait ôté son chapeau et s'était assise devant le feu, à côté du feu plutôt. Dans mon living-room j'avais deux divans, chacun faisant à moitié face à la cheminée. Elle était installée sur l'un d'eux et balançait son pied devant les flammes. Je remplis deux verres, les déposai sur une table basse entre les divans et m'assis tout contre elle. Elle leva les yeux, prit son verre et commença à boire. Je lui lançai une fadaise à propos de ses yeux : comme ils semblaient sombres à la lueur du feu. Elle me répondit qu'ils étaient bleus, mais j'eus l'impression que cela l'amusait. Je mis mon bras autour de sa taille.

Vous savez comme moi qu'on pourrait écrire un livre entier sur les différentes façons dont une femme stoppe les avances qui ne lui plaisent pas. Si elle vous flanque une claque, c'est tout simplement une niaise et vous n'avez qu'à rentrer chez vous. Si elle vous réplique par un lot de stupidités qui vous donnent, à vous, le sentiment que vous êtes un imbécile, c'est qu'elle n'y connaît rien encore et il vaut mieux la laisser tranquille. Mais si elle agit de telle sorte que vous vous arrêtez alors qu'il n'y a presque rien eu, et que vous ne vous sentez pas complètement idiot, alors, c'est qu'elle est à la hauteur ; vous pouvez vous obstiner, prendre ce qui se présente, sans craindre de vous réveiller le lendemain en regrettant ce qui s'est passé. C'est ce qu'elle fit. Elle ne recula pas, elle ne joua pas la surprise, elle ne fit aucune simagrée. Mais elle ne se rapprocha pas non plus et quand, une ou deux minutes plus tard, elle reposa son verre sur la table, en se redressant, elle ne fut plus dans mes bras.

J'étais bien trop bouleversé par mes pensées, trop convaincu que j'avais affaire à une coquine pour réfléchir à ce que cela signifiait. Pourtant, en un éclair, je vis que, quoi que je puisse être amené à décider ensuite à la banque, je me mettais dans une situation épouvantable, je m'abandonnais entre ses mains et j'amorçais quelque chose que je ne pourrais plus arrêter. Mais cette idée ne fit que rendre ma bouche plus sèche et plus chaude.

Je remis mon bras autour de sa taille et l'attirai contre moi. Elle ne broncha ni d'une façon, ni de l'autre. Je posai ma joue contre la sienne et commençai à m'aventurer vers sa bouche. Elle ne bougea pas, mais sa bouche sembla difficile à atteindre. Je mis ma main sur sa joue, puis, délibérément, je la fis glisser vers son cou et déboutonnai le premier bouton de sa robe. Elle repoussa ma main, reboutonna sa robe, se pencha pour prendre son verre et, cette fois encore, quand elle se redressa, elle m'avait de nouveau échappé.

Elle but un long moment et, moi, je ne sus que la regarder. Mais, quand elle eut reposé son verre, mon bras fut autour d'elle avant qu'elle fût parvenue à m'esquiver. Avec mon autre main, je tentai un grand coup, je relevai sa jupe jusqu'en haut des bas. Je ne sais plus ce qu'elle fit alors, car il arriva une chose à quoi je ne m'attendais pas. Ses jambes étaient si belles, si douces, si chaudes, que ma gorge se serra et que, pendant une seconde, je n'eus pas la moindre idée de ce qui se passait. Quand je repris mes esprits, elle était debout devant la cheminée. Elle me regardais de haut d'un air sévère :

— Voulez-vous me dire ce qui vous prend ce soir ?

— À moi ?... Rien de spécial.

— Je vous en prie, expliquez-moi.

— Eh bien, vous me plaisez, voilà.

— Qu'ai-je donc fait?

— Je n'ai rien remarqué.

— Vous n'êtes plus le même. Je ne sais ce qu'il y a. Depuis le moment où je suis entrée dans la banque avec Bunny Kaiser, vous n'avez cessé de m'examiner d'un air froid, dur, très laid. Qu'est-ce que c'est? Est-ce parce que, pendant le déjeuner, je vous ai parlé de mon sex-appeal?

— Avouez que vous en avez.

— Je crois deviner…

— Quoi donc?

— Ma remarque de ce matin vous a brusquement rappelé que j'étais une femme mariée et que je vous avais beaucoup vu ces temps derniers. Vous êtes arrivé à la conclusion bien naturelle qu'il était temps de satisfaire à la vieille tradition masculine en essayant de m'avoir.

— Quoi qu'il en soit, j'essaye.

Elle se pencha pour prendre son verre, changea d'avis et alluma une cigarette. Elle resta une minute silencieuse à contempler le feu en exhalant la fumée. Puis :

— Après tout, cela pourrait être. Depuis un an, et même plus, ma vie conjugale n'a pas été un rêve. Ce n'est pas très agréable de rester auprès d'un mari dont les pensées sont ailleurs et à qui il arrive même de murmurer inconsciemment le nom d'une autre. C'est sans doute pour cela que j'ai accepté de me promener avec vous. C'était comme une bouffée d'air frais, mieux que cela même. Et si je prétendais que cela ne m'était pas agréable, je mentirais. C'était pour moi comme des rayons de soleil. Et voilà qu'aujourd'hui, quand j'ai amené Kaiser, j'étais toute joyeuse, non pas pour l'affaire en elle-même, cela m'est bien égal, non pas pour l'augmentation de deux dollars dont je me moque également, mais parce que c'était quelque chose qui serait à nous deux, dont nous parlerions le soir et qui deviendrait un rayon de soleil de plus. Mais il y avait à peine une minute que j'étais dans la banque lorsque j'ai aperçu ce regard dans vos yeux. Et ce soir, vous avez été… parfaitement odieux. Bien sûr, cela était possible. Mais pas comme ça. Et plus maintenant. Puis-je me servir de votre téléphone ?

Je crus qu'elle désirait savoir où était la salle de bains et je la conduisis à l'appareil qui se trouvait dans ma chambre. Je revins m'asseoir près du feu et j'attendis.

Tout tourbillonnait dans ma tête. Rien n'allait comme je l'avais imaginé. Au fond de moi, une pensée me rongeait. Il fallait lui parler, lui dire ce que j'avais découvert. Mais la sonnette tinta. J'allais ouvrir la porte. Un chauffeur de taxi était là.

— Vous avez demandé un taxi ?

— Non, personne n'a appelé.

Il sortit de sa poche un morceau de calepin et commença à déchiffrer une adresse.

— C'est ma voiture ?

— Oh, vous l'aviez demandée ?

— Oui… et encore merci. C'était charmant.

Elle était froide comme une noyée, et elle était déjà au bord du trottoir quand il me vint à l'esprit que je devais lui répondre. Je la vis monter dans le taxi. Je vis celui-ci s'éloigner. Je fermai la porte et revins vers mon living-room. Lorsque je m'assis sur le divan, je retrouvai son parfum et son verre à moitié vide. Je ressentis un drôle de serrement de gorge et je m'injuriai moi-même tout haut. Je continuais encore alors que je me servais à boire.

Cela était arrivé parce que j'avais décidé de savoir quel jeu elle menait, et j'avais seulement découvert que j'étais fou d'elle. Je ruminais cela jusqu'à en être étourdi et rien de ce qu'elle avait fait, rien de ce qu'elle avait dit, ne prouvait quoi que ce fût. Il était possible qu'elle fût sincère et il était possible aussi qu'elle me prît pour plus crétin que je n'avais pensé, un crétin capable de faire son jeu à elle et de n'en rien tirer pour lui. À la banque, elle fut avec moi, comme avec les autres, aimable, polie, ravissante. Je ne la conduisis plus à l'hôpital et cela dura ainsi trois ou quatre jours.

Vint alors la vérification mensuelle des caisses. J'avais essayé de me convaincre que j'attendrais ce moment-là pour prendre une décision. J'accompagnai Helm dans sa tournée. Chacun ouvrait sa caisse, Helm comptait l'argent et je vérifiais son calcul. Lorsque vint le tour de Sheila, elle resta debout près

de moi avec une impassibilité qui pouvait tout signi-
fier. Bien entendu, sa caisse était en règle. Je savais
que ce serait ainsi. Toutes les falsifications étaient
faites de manière à ne pas déséquilibrer la caisse, et
comme elles duraient depuis près de deux ans, il y
avait peu de chances pour qu'en un mois la différence apparût.

C'est ce même après-midi que je vis clair en
moi. Je m'avouai que je ne prendrais aucune décision à propos du détournement de fonds tant que
je n'en aurais pas parlé à Sheila. Je devais agir
proprement.

Aussi, ce soir-là, je me rendis à Glendale et j'arrêtai la voiture au coin de Mountain Drive, comme
d'habitude. Je vins de bonne heure au cas où elle
aurait eu l'intention de prendre l'autobus, et j'attendis un long moment. J'étais sur le point de m'en
aller vers sept heures et demie, lorsqu'elle sortit de
chez elle en marchant vite. J'attendis qu'elle ne fût
plus qu'à cent mètres et je donnai le petit coup de
klaxon. Elle se mit à courir. J'eus tellement peur
qu'elle ne passât sans même me dire un mot que je
ne levai pas la tête. Je ne voulais pas lui donner
cette satisfaction. Mais avant que j'aie eu le temps
de m'en apercevoir, la portière s'ouvrait et claquait.
Elle était à côté de moi. Elle me serrait la main très
fort et elle murmurait :

— Je suis si, si contente que vous soyez venu.

À l'aller, nous ne parlâmes pas beaucoup. J'entrai dans le cinéma, mais je serais bien incapable de

vous raconter ce que je vis. Je tournais et retournais dans ma tête ce que j'allais lui dire ou tout au moins ce que je tenterais de lui expliquer. Mais, à chaque instant, je me surprenais échafaudant des questions qui avaient seulement trait à sa vie conjugale et à la femme à qui s'intéressait son mari. Tout revenait à une seule chose : je voulais qu'elle fût à moi seul. Cela voulait dire aussi que j'étais persuadé qu'elle ne savait rien des faux en écritures de Brent, qu'elle avait été sincère et qu'elle tenait à moi. Je revins vers la voiture. Bientôt, elle sortit de l'hôpital et descendit le perron en courant. Puis, elle s'arrêta, resta immobile comme si elle réfléchissait. Enfin elle se dirigea de nouveau vers la voiture, mais elle ne courait plus. Elle marchait lentement. Quand elle s'assit, elle appuya la tête sur le dossier et ferma les yeux.

— Dave ?

C'était la première fois qu'elle m'appelait par mon prénom. Mon cœur bondit.

— Oui, Sheila ?

— Est-ce qu'on peut s'asseoir devant le feu ce soir ?

— Avec joie.

— J'ai besoin… de vous parler sérieusement.

Nous rentrâmes donc chez moi. Sam nous ouvrit, mais je le renvoyai vite. Nous allâmes dans le living-room et, cette fois aussi, je n'allumai pas l'électricité. Elle m'aida à faire prendre le feu et je me dirigeais vers la cuisine pour chercher de quoi boire lorsqu'elle m'arrêta.

— Je ne voudrais rien boire, à moins que vous y teniez.

— Non... je ne bois pas beaucoup.

— Alors, asseyons-nous.

Elle s'installa sur le divan comme l'autre fois et je me mis à côté d'elle. Je ne tentai aucune avance. Elle regarda les flammes un long moment, puis elle prit mon bras et gentiment le passa autour de sa taille.

— Je suis une vilaine fille ?

— Non.

— J'avais tant envie d'être là.

J'allais l'embrasser, mais elle leva la main, couvrit mes lèvres de ses doigts et repoussa mon visage. Elle laissa tomber sa tête sur mon épaule, ferma les yeux et ne dit rien. Enfin :

— Dave, j'ai quelque chose à vous confier.

— Qu'est-ce que c'est ?

— C'est assez grave et cela concerne la banque. Si vous ne voulez pas que je vous en parle ici, dites-le et je rentrerai à la maison.

— All right, allez-y.

— Charles a détourné de l'argent.

— Combien ?

— Un peu plus de 9 000 dollars. 9 113,26 exactement. Je m'en doutais. J'avais remarqué une ou deux choses. Il m'affirmait que j'avais dû faire une erreur dans mes comptes, mais ce soir, il l'a reconnu.

— C'est grave.

— Vraiment grave ?…

— Oui, assez !

— Dave, dites-moi la vérité. J'ai le droit de savoir. Qu'est-ce qu'on lui fera ? Est-ce qu'on le mettra en prison ?

— J'en ai bien peur.

— Que risque-t-il exactement ?

— Tout dépend de la compagnie d'assurances. Si elle montre les dents, tout est à craindre. Elle ira jusqu'au bout. Elle le fera arrêter et l'accablera. Ensuite, son sort sera entre les mains du jury. Parfois, on trouve des circonstances atténuantes…

— Il n'en a pas. Il n'a pas dépensé cet argent pour moi, ni pour les enfants, ni pour la maison. Je vis avec ce qu'il gagne et j'arrive même à faire des économies.

— Je sais. J'ai vu votre compte.

— Il a tout dépensé avec une autre !…

— Ah, c'est ça !

— Si c'était remboursé, cela ne changerait-il pas tout ?

— Bien entendu, cela changerait tout.

— Dans ce cas, on ne l'inquiéterait pas ?

— Là encore, cela dépend de la compagnie d'assurances et de l'arrangement que l'on pourrait faire avec elle. On arriverait peut-être à la convaincre, mais en général ces gens-là ne sont pas commodes.

Pour eux, un type qui s'en tire, c'est dix types qui tenteront le coup l'année suivante.

— Mais si cela ne se savait pas ?

— Je ne vous suis pas…

— Imaginez que je trouve un moyen de rembourser cet argent. Puis que je trouve encore un moyen de rectifier les fiches, afin que personne jamais ne puisse rien soupçonner ?

— C'est impossible !

— C'est très possible.

— Tôt ou tard, par les livrets, cela se découvrira.

— Non, si c'est moi qui m'en occupe.

— C'est à voir. Il faut réfléchir.

— Vous savez ce que cela représente pour moi, n'est-ce pas ?

— Je crois.

— Ce n'est pas pour moi. Ni pour Charles. Je ne suis pas méchante, mais s'il devait payer, c'est tout ce qu'il mérite. C'est pour mes enfants. Dave, je ne veux pas qu'elles supportent toute leur vie le fait que leur père a été condamné, mis en prison. Vous comprenez ? Vous devez comprendre.

Pour la première fois, depuis qu'elle avait commencé à parler, je la regardai. Elle était toujours dans mes bras, mais elle levait vers moi des yeux épouvantés. Je caressai doucement sa tête et tentai de penser. Je savais à quoi m'en tenir. Elle avait toujours été franche avec moi et, un instant au moins, je crus en elle. Je devais être franc avec elle.

— Sheila.

— Oui ?

— Je dois vous avouer une chose.

— Qu'est-ce que c'est, Dave ?

— Je savais ceci depuis une semaine au moins.

— C'est pour cela que vous m'avez regardée ainsi l'autre jour ?

— Oui. C'est aussi pourquoi je m'étais conduit de cette manière l'autre soir. Je croyais que vous étiez au courant. Je croyais que vous saviez cela même le premier soir où vous êtes venue chez moi me demander de travailler à la banque. Je pensais que vous m'aviez traité comme un jobard. Je voulais savoir jusqu'où vous iriez. Maintenant, tout est éclairci.

Elle s'était assise, toute droite, et me regardait durement.

— Dave, je ne savais vraiment rien.

— Je vous crois entièrement.

— Je connaissais l'existence de cette autre femme qu'il voyait souvent. Je m'étais souvent demandé où il trouvait l'argent pour sortir avec elle, mais je n'en avais pas la moindre idée, jusqu'à il y a deux ou trois jours, jusqu'à ce que je remarque les inexactitudes sur les livrets.

— Oui, c'est comme cela que j'ai tout découvert, moi aussi.

— Et c'est pourquoi vous êtes devenu odieux avec moi.

— Oui, ce n'est guère mon habitude. Vous ne vous y êtes pas trompée d'ailleurs. Je crois que vous avez senti qu'au fond, ce n'était pas ce que je voulais de vous. Je vous désire de toutes les façons dont on peut désirer une femme, mais pas comme ça. Vous comprenez ce que je veux dire ?

Elle inclina la tête et tout à coup nous fûmes dans les bras l'un de l'autre et je l'embrassai et elle m'embrassa, et ses lèvres étaient chaudes et douces, et une fois de plus je sentis ce serrement de gorge, comme si j'allais pleurer. Nous restâmes ainsi un long moment, sans rien dire, bien serrés l'un contre l'autre. Nous ne pensâmes au détournement de fonds et à ce que nous devions décider que lorsque nous fûmes à mi-chemin de chez elle. Elle me supplia une fois de plus de lui donner la possibilité de sauver ses enfants du déshonneur.

Je répondis que j'allais y réfléchir, mais je savais bien, au fond de mon cœur, que j'étais prêt à faire ce qu'elle me demanderait.

IV

— Comment vous procurerez-vous cet argent ?
— Je n'ai qu'un moyen.
— Qui est ?
— Par mon père.
— Il ne pourra pas vous donner tout ça ?
— Je n'en sais rien… Sa maison lui appartient.

Elle est située à Westwood. Il pourrait prendre une hypothèque. Et puis, il a un peu d'argent. Je ne sais combien. Mais pendant ces dernières années, moi sa fille unique, je ne lui ai rien coûté. J'imagine qu'il s'arrangera.

— Qu'en pensera-t-il ?

— Il sera navré. S'il m'aide, ce ne sera pas pour Charles. Il ne l'aimait guère. Ce ne sera pas pour moi non plus. Il ne m'a pas pardonné d'avoir épousé Charles et d'être partie… Il le fera peut-être pour ses petites-filles. Oh ! tout cela est affreux !

Cela se passait le lendemain soir. Nous étions assis dans la voiture que j'avais garée sur l'une des terrasses qui dominent l'océan. Il devait être environ huit heures et demie, car elle était restée très longtemps à l'hôpital. Elle regardait vaguement le bord de l'eau quand brusquement elle me demanda de la conduire chez son père. J'acceptai et elle ne dit plus grand-chose. J'arrêtai la voiture près de la maison. Elle y entra. Il était bien onze heures lorsqu'elle ressortit. Elle monta dans la voiture et soudain elle éclata en sanglots. Que pouvais-je faire ? Quand elle se calma un peu, je demandai :

— Alors ? Du succès ?

— Oh, si vous voulez, mais ç'a été affreux.

— Il s'est fâché ? On ne peut lui en vouloir.

— Il ne s'est pas fâché. Il est simplement resté là à secouer la tête et il n'a même pas été question de savoir s'il me prêterait ou non de l'argent. Mais… Dave, il est vieux, il a mis quinze ans à payer sa maison. Il a terminé l'année dernière. Il avait envie d'aller passer l'été au Canada avec maman. Et maintenant… tout est perdu. Il va être obligé de recommencer à payer, à cause de tout ceci. Et il n'a pas dit un mot.

— Et votre mère ?

— Elle ne sait rien. Papa lui parlera. Moi je ne pouvais pas. J'ai attendu qu'elle soit au lit. C'est pourquoi je me suis tant attardée. Songez donc, avoir payé pendant quinze ans, régulièrement, et tout perdre. Et cela parce Charles s'est toqué d'une créature qui ne vaut même pas la corde pour la pendre !

Je ne dormis pas très bien cette nuit-là. Je ne cessai de penser au vieux professeur d'histoire, à sa maison, à Sheila, à Brent même, couché sur son lit d'hôpital avec un drain dans le ventre. Jusqu'à ce jour, je n'avais guère songé à lui. Il ne me plaisait pas. Il était effacé par Sheila et cela me convenait de l'oublier.

Mais alors je réfléchis et je me demandai comment était la créature dont il s'était toqué et si par hasard il en était aussi fou que je l'étais de Sheila. Je me posai la question : « Est-ce que, pour Sheila, je serais capable, moi, de faire des faux ? » Brusquement, je m'assis sur mon lit. Cette pensée me bouleversait. Instinctivement, je répondais « non ». Je n'avais jamais volé, je ne volerais jamais. Cependant, je me sentais engagé dans cette affaire et un peu responsable. Il y avait déjà une semaine que j'avais tout découvert et je n'en avais pas encore prévenu la maison mère. De plus, j'étais prêt à aider Sheila à dissimuler la fraude.

Une idée se présenta vivement à mon esprit. Il s'agissait de Brent et je ne fus pas dupe. Je me mis à faire des calculs savants. Cela ne m'amusa pas du tout, mais je savais maintenant ce que j'avais à faire. Le soir suivant, au lieu de me diriger vers l'océan, je revins chez moi et nous fûmes de nouveau devant le feu. J'avais préparé à boire cette fois, car je me sentais tout à fait en paix avec moi-même et je la serrai longtemps dans mes bras avant de parler.

— Sheila, j'ai beaucoup réfléchi.

— Dave, vous n'allez pas le dénoncer ?

— Non, mais j'ai décidé qu'une seule personne devait payer.

— Que voulez-vous dire ?

— Eh bien, voilà… Je vous ai conduite hier chez votre père. C'est affreux pour ce pauvre homme. À son âge, être obligé de sacrifier sa maison et de rester ainsi sans rien… c'est inadmissible. Moi aussi, j'ai une maison et elle me rapporte…

— Que vous rapporte-t-elle ?

— Vous.

— Je ne comprends pas ?

— C'est moi qui dois payer les 9 000 dollars.

— Vous êtes fou !

— Voyons, soyons francs. Brent a volé ce fric.

Il l'a dépensé avec une fille. Il s'est conduit avec vous d'une façon dégoûtante. Il est le père de vos enfants. Et c'est pour vos enfants que votre père doit se ruiner? Est-ce normal? Voyez où nous en sommes : Brent ne compte plus. Il est menacé de prison. Il est à l'hôpital. Il se remet d'une affreuse opération. Il est dans une sale situation. Et moi? Moi, j'aime sa femme. Il est fichu et je cherche à lui prendre la seule chose qui lui reste : vous. Tout cela n'est pas très joli mais c'est ainsi. Donc, il est naturel, c'est le moins que je puisse dire, que je lui donne un coup de main. À moi de trouver l'argent. Et vous, cessez de vous inquiéter pour vos parents. C'est tout.

— Je ne peux pas vous laisser agir ainsi.

— Pourquoi pas?

— Si vous payez, ce sera comme si vous m'achetiez.

Elle se leva et marcha dans la pièce.

— En somme, c'est ce que vous avez dit. Vous vous apprêtez à prendre la femme d'un autre et vous voulez endormir votre conscience en remboursant ce que cet autre a volé. Tout cela est parfait : d'autant plus qu'il se moque bien de ce que deviendra sa femme. Mais moi, là-dedans? Qu'aurais-je à dire surtout quand vous aurez tout remboursé? Jamais je ne pourrai vous le rendre, même en dix ans. Alors? Je deviens entièrement… vôtre.

Je ne la quittai pas des yeux tandis qu'elle allait et venait, frôlant les meubles du bout des doigts, ne se tournant jamais vers moi et brusquement une chaleur presque sauvage me submergea, mon sang se mit à battre à mes tempes. J'allai vers elle et l'obligeai à me faire face.

— Écoutez-moi. Il n'y a pas beaucoup de types qui donneraient 9 000 dollars pour une femme. Qu'est-ce qui vous ennuie ? Vous ne voulez pas être achetée ?

Je la pris dans mes bras et mit mes lèvres sur les siennes :

— Est-ce si désagréable ?

Elle ouvrit la bouche, nos dents se heurtèrent et elle murmura :

— Non, c'est merveilleux.

Elle m'embrassa très fort.

— Alors, pourquoi faire tant d'histoires ?

— Est-ce que je sais ? Oh ! c'est si bon d'être achetée. Je me sens comme une esclave... J'adore ça.

— Alors ?... On rembourse cet argent.

— Oui, et ensemble.

— On commence demain.

— Comme c'est drôle. Je suis entièrement entre vos mains et je me sens si tranquille. Je sais maintenant qu'il ne m'arrivera plus jamais rien.

— D'accord. C'est un engagement à perpétuité que vous prenez ?

— Dave, je crois que je vous aime.

— Moi aussi.

V

Si vous pensez qu'il est difficile de voler une banque, vous avez raison. Mais il est bien plus difficile encore de lui rembourser de l'argent volé. Je n'ai peut-être pas expliqué assez clairement ce que cet animal avait fait. D'abord, quand il y a un détournement dans une banque, c'est toujours du côté de l'épargne, car on n'en donne pas de reçu. Entendez bien, le commerçant qui dépose son argent, celui qui a un carnet de chèques, reçoit chaque mois un relevé de son compte. Mais pour les dépôts d'épargne, on ne fait pas de relevés. Les clients viennent avec leur livret et versent leurs dollars. On inscrit la somme et le livret sert de reçu. Le client ne voit jamais la fiche de la banque, si bien qu'un détournement de fonds peut durer longtemps avant qu'on le découvre et lorsque l'on s'en aperçoit, c'est presque toujours par accident, comme dans notre cas. Brent n'avait pas prévu son brusque départ pour l'hôpital.

Et puis, Brent s'était bien garanti en montant tout cela sur des relations personnelles, si bien qu'aucun épargnant n'aurait voulu avoir à traiter avec quelqu'un d'autre que lui. George Mason aurait pu avoir des soupçons, mais le service de Brent marchait admirablement. Il est rare qu'on cherche chicane à un garçon dont le travail rend si bien.

Quand il eut mis l'affaire au point, quand il fut certain d'être seul à toucher aux fiches des épargnants, quand les déposants ne s'adressèrent plus qu'à lui, alors il fit ce que font tous ceux qui l'imitent. Il choisit les comptes avec lesquels il était sûr de ne pas avoir d'ennuis, et il fit de fausses fiches de retraits. Elles ne dépassaient jamais 50 dollars. Il les signa du nom du client : c'était un faux, bien entendu, mais quelle importance cela avait-il puisque lui seul vérifiait ces signatures ? Ensuite, il mettait les 50 dollars dans sa poche et la fausse fiche rétablissait la balance de sa caisse. Nos fiches devaient également signaler ce retrait. Qu'à cela ne tienne ! Il l'inscrivait normalement mais, en face de chaque faux, il faisait cette légère marque au crayon que j'avais découverte. Cela lui permettait de donner immédiatement le total réel, au cas où le client désirerait en être informé.

Donc, comment rembourser cet argent de manière que la caisse journalière soit exacte, qu'en même temps rien ne paraisse lorsque plus tard les contrôleurs la vérifieraient ? J'avoue que pendant longtemps cette question me parut insoluble et me fit froid dans le dos. J'aurais désiré que Sheila rapporte l'argent sans dire d'où elle le tenait, que l'on renvoie Brent et qu'il aille se faire pendre ailleurs. Puisque l'argent aurait été remboursé, on ne lui aurait pas fait grand-chose. Mais de cela, elle ne voulut rien entendre. Elle craignait qu'on ne l'arrête quand même, que je rembourse l'argent pour rien, que ses enfants soient obligés de grandir dans le déshonneur et que cela ne nous mène nulle part. Que pouvais-je répondre ? Je croyais qu'on le laisserait en liberté, mais je n'en étais pas absolument certain.

Ce fut Sheila qui trouva le moyen d'en sortir. Nous étions assis l'un près de l'autre un soir, deux ou trois jours après avoir décidé que je rembourserais l'argent moi-même lorsqu'elle commença :

— Les fiches, la caisse et les livrets, c'est bien ça ?

— Parfaitement.

— Les fiches et la caisse, c'est assez facile.

— Ah ! oui ?

— L'argent doit rentrer comme il est parti. Au lieu de fausses fiches de retraits, je ferai de fausses fiches de dépôts. Ainsi les fiches et la caisse s'équilibreront.

— Et les livrets. Écoutez-moi, si un seul de ces livrets, un seul, risque de nous dénoncer alors que nous aurons fini, nous sommes perdus. Il faut absolument que tout ceci ne soit jamais soupçonné par qui que ce soit, que jamais la question ne puisse être posée. De plus, nous ne devrons pas bouger avant d'avoir eu entre les mains tous ces livrets jusqu'au dernier. Nous croyons connaître sa méthode, mais nous n'en avons pas la preuve. Il a peut-être fait d'autres marques que nous n'avons pas encore repérées. Tant que nous n'aurons pas toutes les cartes en mains, nous n'agirons pas. Qu'il aille en prison, ça, c'est une chose. Que nous y allions tous les trois, que je perde ma situation et 9 000 dollars, pas question.

— Entendu. Donc, il reste les livrets.

— Oui, les livrets.

— À l'heure actuelle, que fait-on lorsqu'un livret est complet, ou lorsqu'il lui arrive un accident ?

— On en donne un nouveau.

— Portant combien de dépôts ?

— Un seulement. Le total de ce qui était inscrit sur l'ancien.

— C'est cela. Ce total ne raconte pas d'histoire. Il correspond à nos fiches et ne porte aucune indication des diverses entrées et sorties qui ont eu lieu pendant les années précédentes. C'est parfait. Jusque-là, tout va bien. Et que fait-on du vieux livret ?

— Oui, qu'en fait-on ?

— On le met sous la presse à perforer afin que toutes les pages soient marquées et on le rend au client.

— Il le garde donc et il peut le mettre à la disposition d'un contrôleur si celui-ci le lui demande. Là, ça ne va plus pour nous.

— Mais si le déposant le refuse ?

— Où voulez-vous en venir ?

— S'il le refuse, nous le détruisons. Il ne nous sert plus à rien et il n'est pas à nous.

— Êtes-vous certaine qu'on le détruise ?

— J'en ai déchiré plus de mille… C'est ce que nous ferons. Dès maintenant et jusqu'à la prochaine vérification de ma caisse, je vais faire rentrer tous les livrets. D'abord, je vérifierai les totaux pour savoir où nous en sommes. Puis, je remettrai au client un nouveau livret qui gardera son secret.

— Sous quel prétexte lui donnerez-vous un nouveau livret ?

— Parce que la reliure de l'ancien est si usée que les feuillets ne tiennent plus, ou parce que par maladresse je l'aurai taché ou parce qu'il me semblera nécessaire qu'il en ait un neuf afin d'attirer la chance. Je donne donc au client son livret et je lui dis gentiment : «Vous ne tenez pas à garder le vieux ?» Je lui demande cela de manière qu'il n'ait même pas l'idée qu'il pourrait le réclamer. Et là, sous ses yeux, ainsi que je l'ai déjà fait, je le déchire et le jette au panier.

— Et s'il le réclame ?

— Alors je le passe sous la presse, mais de telle façon que les perforations seront juste sur les chiffres et qu'il sera impossible à quiconque, même au plus astucieux des contrôleurs, de les lire. Je le perforerai cinq ou six fois. Il ressemblera ensuite à un fromage de gruyère : plus de trous que de crème.

— Et pendant que vous vous amuserez à ce petit jeu, le client, derrière le guichet, vous regardera faire et se demandera pourquoi vous vous donnez tout ce mal.

— Non, car cela ne me prendra qu'une seconde ou deux. J'ai essayé. Ce sera fait en un clin d'œil… Mais croyez-moi, personne ne voudra garder son livret. Vous savez, je sais m'y prendre.

Sa voix avait juste une petite note de supplication en disant cela. Je la serrai un long moment dans mes bras et je pris ses lèvres.

Cependant, il fallait que je réfléchisse encore. J'y pensai, un long moment, et je conclus qu'en ce qui la concernait au moins, elle tiendrait bien sa partie. Mais une autre chose me tourmentait.

— Combien y a-t-il de comptes truqués ?

— Quarante-sept.

— Comment allez-vous faire rentrer ces quarante-sept livrets ?

— Eh bien ! voilà. Il y a des intérêts à toucher. J'ai pensé que je pourrais envoyer aux clients une circulaire, que je signerai à l'encre « Sheila Brent » pour être sûre qu'ils s'adressent à moi, en leur demandant de m'apporter leurs livrets pour toucher leurs intérêts. On n'a jamais vu personne refuser même deux dollars et demi. Par ailleurs, ces circulaires n'éveilleront l'attention de personne. Elles sont très inoffensives.

— Certes une circulaire ouverte est sans danger. Mais voyons ; vous envoyez vos imprimés et, dans les deux jours qui suivent, tous les livrets rentrent. Vous ne pouvez les garder très longtemps. Il vous faut les rendre vite, ceux-là ou les nouveaux, car on pourrait s'en étonner. L'argent rentrera donc tout d'un coup. Votre caisse, en une seule fois, grossira terriblement. Tout le monde à la banque se demandera ce qui arrive.

— J'y ai pensé. Je ne suis pas obligée de faire

partir toutes les circulaires à la fois. J'en envoie cinq ou six par jour. Et même s'ils s'amènent tous à la fois, je peux rendre les nouveaux livrets dès que les anciens me sont présentés, et n'inscrire les comptes sur les fiches et dans ma caisse que petit à petit... trois ou quatre cents dollars chaque jour. Ce n'est pas excessif.

— Non, mais tant que durera ce manège, vous serez sans défense. Nous aurons le visage découvert sans possibilité de nous mettre en garde. Je veux dire par là que tant que vous n'inscrirez pas les rentrées dans nos fiches en même temps que sur les livrets, vous courrez un risque. S'il arrive quelque chose : que je sois obligé de faire une vérification générale, ou appelé à la maison mère pour plusieurs jours ; que pour une raison ou une autre vous ne puissiez venir travailler et tout s'écroule. Cela ira peut-être bien. Mais il faut tout régler avant la prochaine vérification de votre caisse. Nous avons donc vingt et un jours devant nous. Pourtant si alors nous trouvons cette augmentation quotidienne de trois à quatre cents dollars, cela ne manquera pas de sembler un peu curieux.

— Je jouerai la comédie. Je dirai que je harcèle les clients comme le faisait Charles. Cela ne me paraît pas très dangereux, puisque l'argent sera là.

Et c'est ainsi que nous procédâmes. Elle fit préparer les imprimés, commença à les expédier, trois ou quatre à la fois. Pour remplacer l'argent manquant pendant les premiers jours, mon compte en banque suffisait. Mais pour le surplus, je dus faire des démarches et hypothéquer ma maison. J'allai voir l'agence fédérale. Cela me prit une semaine et je dus ouvrir un compte ailleurs pour que personne, à la banque, ne se demande ce que je faisais. J'empruntai 8 000 dollars, et si vous croyez que cela n'est pas désagréable, c'est que vous n'avez jamais hypothéqué votre maison. Bien entendu, lorsqu'on présenta le premier livret, Sheila était partie déjeuner et c'était moi qui la remplaçais. Je pris le livret et préparai le reçu. Mais Miss Church était à deux pas de moi, additionnant les colonnes sur la machine à calculer. Elle entendit ce que je racontai au client et, en moins d'un éclair, elle fut à mes côtés.

— Oh! je peux faire cela pour vous, Mr Bennett. C'est très simple et ce n'est pas la peine qu'il laisse son livret.

— C'est que... je préférerais que ce soit Mrs Brent qui s'en occupe.

— Oh, alors!

Elle s'éloigna, vexée, cambrant la taille et je sentis la sueur dans la paume de mes mains. Ce soir-là, j'avertis Sheila :

— Cette Church ne me dit rien qui vaille. Elle découvrira tout.

— Comment cela ?

— Avec son zèle à mon égard. Elle a voulu faire le travail pour moi aujourd'hui. J'ai dû la renvoyer.

— Je vais m'occuper d'elle.

— Faites attention qu'elle ne se doute de rien.

— Soyez tranquille, j'y veillerai.

Dès lors, cela devint presque une routine. Sheila obtenait trois ou quatre livrets et demandait aux clients de les lui laisser jusqu'au lendemain. Elle préparait aussi de nouvelles fiches et le soir me disait le montant de la somme dont elle avait besoin. Je la lui donnais en espèces. Le lendemain, elle versait cela dans sa caisse, transcrivait le total sur le livret neuf qui, ainsi, était prêt lorsque le client venait le chercher. Ainsi peu à peu nous approchions du but, priant le ciel que rien ne vînt démolir notre bel édifice. Presque tous les jours nous remettions 400 dollars en caisse, quelquefois un peu plus.

Un soir, une semaine après que nous avions commencé à rembourser l'argent, eut lieu le bal annuel donné par la banque à ses employés. Un millier de personnes étaient réunies dans la grande salle d'un des hôtels de Los Angeles. C'était très gai. Cela n'avait rien de solennel. Le grand Patron déteste cela. C'était plutôt comme une vaste réunion de famille au cours de laquelle il dit un petit mot avant d'ouvrir lui-même le bal. Vous avez certainement entendu parler de A. S. Ferguson. C'est lui le fondateur de notre banque et dès l'instant où vous le voyez, vous comprenez que c'est vraiment quelqu'un. Il n'est pas grand, mais droit et solide et sa petite moustache blanche lui donne l'air d'un ancien militaire.

Tout le monde doit se rendre à cette réunion. Je

m'assis à la même table que ceux avec qui je travaillais : Miss Church, Helm, Snelling et sa femme, Sheila. Je fis exprès de ne pas être à côté d'elle. Cela me faisait un peu peur. Quand le banquet fut terminé, j'allai serrer la main du Patron. Il m'a toujours traité avec beaucoup d'estime, comme il traite tout le monde d'ailleurs. Il a cette courtoisie naturelle que tant d'hommes médiocres ne savent pas acquérir. Il me demanda de mes nouvelles, puis :

— Combien de temps pensez-vous rester encore à Glendale ? Vous devez savoir à quoi vous en tenir maintenant ?

Un frisson glacé me traversa. S'il s'avisait de me faire rentrer à la maison mère, maintenant, toutes les chances de camoufler le détournement de Brent s'envoleraient et Dieu seul savait ce qui arriverait lorsqu'on découvrirait qu'il était à moitié renfloué.

— À vrai dire, monsieur Ferguson, si cela ne vous gêne pas, j'aimerais rester encore jusqu'à la fin du mois.

— ... Si longtemps ?

— C'est que j'ai découvert là-bas certaines choses que je voudrais étudier à fond. J'aimerais avoir tous les éléments pour ajouter quelques notes supplémentaires à mon premier rapport. Je songe même à les publier dans l'*American Banker* et, pour cela, il me faudrait encore un peu de temps...

— Dans ce cas, faites comme vous voudrez.

— Cela ne vous dérangera pas ?

— Je serais content si vos collègues suivaient votre exemple.

— Certes, cela donnerait du prestige à la banque.

— ... Et surtout cela les obligerait à penser.

Ma bouche parlait toute seule. Moi, j'étais là debout, ne sachant absolument pas ce qui se passerait ensuite. Je n'avais jamais, jusqu'à la minute précédente, songé à écrire un article et je vous laisse à penser l'effet que cela me faisait. Je me sentais d'autant plus confus qu'il était plus chic avec moi. Nous restâmes ensemble quelques instants encore pendant lesquels il me dit qu'il partait le lendemain pour Honolulu, mais qu'il reviendrait vers la fin du mois et qu'il se réjouissait de lire alors ce que j'aurais préparé. Puis, il se dirigea vers l'endroit où l'on dansait :

— Qui est cette jeune femme en bleu ?

— Mrs Brent.

— Ah ! oui, je voudrais lui parler.

Nous nous glissâmes à travers les couples et atteignîmes Sheila qui dansait avec Helm. Ils s'arrêtèrent et je fis les présentations. Il lui demanda comment allait son mari et, en riant, il remplaça Helm et se mit à danser. J'étais d'une sale humeur lorsqu'un peu plus tard je la retrouvai et la reconduisis chez elle.

— Qu'avez-vous, Dave ?

— Je n'osais même plus regarder le Patron.

— Vous vous dégonflez ?

— Vous croyez que c'est drôle ?

— Si vous en avez assez et voulez tout lâcher, je n'y peux rien, rien du tout.

— Ce que je vous dirai, moi, c'est qu'il me tarde d'en avoir fini, de pouvoir flanquer votre mari hors de la banque et hors de nos existences.

— Dans deux semaines, ce sera terminé.

— Comment va-t-il ?

— Il quitte l'hôpital samedi.

— Charmant.

— Il ne rentrera pas tout de suite à la maison. Le docteur veut qu'il aille quelque temps se reposer à Arrowhead pour reprendre des forces. Il y restera trois ou quatre semaines. Il a des amis là-bas.

— À part cela, que lui avez-vous dit ?

— Rien.

— Vraiment rien ?

— Pas un mot.

— C'est un ulcère qu'il avait ?

— Oui.

— Je lisais l'autre jour dans un journal médical quelles en étaient les causes. Les connaissez-vous ?

— Non.

— Les soucis.

— Vraiment ?

— Cela hâterait peut-être sa guérison s'il savait que tout est arrangé. Être couché dans un lit d'hôpital et songer sans cesse à cela, ça ne doit pas être fameux, pour sa santé au moins.

— Que pourrais-je lui dire ?

— Je ne sais pas, moi. Que vous avez tout remboursé.

— Si je lui dis que tout est réglé et que personne n'en saura rien, il devinera immédiatement que quelqu'un à la banque m'a aidée. Il aura encore plus peur et je ne sais ce qu'il sera capable de faire. Il se peut qu'il en parle à quelqu'un et que tout se découvre. Et puis, que répondrai-je s'il veut savoir qui m'a donné l'argent ?

— Êtes-vous obligée de le dire ?

— Non, bien sûr, et je ne le dirai pas. Moins vous serez dans cette affaire mieux ce sera. Il doit avoir pris l'habitude de s'inquiéter maintenant, une chose de plus ou de moins ! Je ne vais pas, moi, me soucier de cela après ce qu'il m'a fait, à moi et à vous.

— Comme vous voudrez.

— Il se doute de quelque chose, mais il n'a rien deviné. Je pense souvent à la tête qu'il fera quand je lui dirai que je vais divorcer à… où déjà ?

— À Reno.

— Vous y tenez toujours ?

— Je change rarement d'idée quand j'ai décidé quelque chose.

— Dans ce cas, vous le pourriez pourtant.

— Taisez-vous.

— Cela m'ennuierait bien.

— Moi aussi.

VI

Nous avons poursuivi notre remboursement, mais nous devenions chaque jour plus anxieux. Je songeais à ce qui pouvait arriver : le Patron avait peut-être oublié de laisser une note à mon sujet avant de partir et j'allais être rappelé à la maison mère ; Sheila tomberait peut-être malade et quelqu'un prendrait sa place ; un client s'étonnerait peut-être de la circulaire qui lui demandait d'apporter son livret et il se renseignerait ailleurs.

Un jour, Sheila me demanda de la raccompagner chez elle en sortant de la banque. À cette époque, j'étais si nerveux que je n'allais nulle part avec elle en plein jour et, même la nuit, je ne la retrouvais jamais dans un endroit où nous risquions d'être reconnus. Mais elle me dit que l'une de ses filles était malade et qu'elle préférait rentrer en auto au cas où elle serait obligée d'acheter des médicaments indiqués par le médecin. De toute façon, seule la bonne nous verrait et cela n'avait pas d'importance. Brent était déjà à Arrowhead pour recouvrer ses forces et Sheila avait la maison pour elle seule.

Je l'accompagnai donc. C'était la première fois d'ailleurs que j'entrais chez elle. C'était très agréable. Cela sentait bon comme elle, et les enfants étaient délicieuses. L'aînée s'appelait Anna, la seconde Charlotte. C'était cette dernière qui était souffrante.

Elle était dans son lit et acceptait son gros rhume comme un vrai petit soldat. En temps normal, cela m'aurait terriblement ému de voir Sheila jouer avec son enfant et s'occuper d'elle. Mais alors, je ne pus le supporter. Dès que je sentis qu'elle n'avait plus besoin de moi, je me sauvai et rentrai chez moi griffonner quelques notes pour le soi-disant article dont j'avais parlé au Patron. J'avais trouvé un titre : *Comment organiser un excellent Service de dépôts.*

Nous atteignîmes ainsi le dernier jour avant le contrôle de la caisse. Il fallait mettre six cents dollars en compte, en plus des rentrées habituelles. C'était beaucoup, mais nous étions un mercredi, jour où les usines payent leurs ouvriers et où, par conséquent, les dépôts sont plus nombreux. Nous devions nous en tirer. Nous avions vu tous les livrets. Les trois derniers nous avaient donné un mal de chien. Il avait fallu que, la veille au soir, Sheila allât elle-même faire une visite aux clients. Elle leur avait demandé, comme Brent, où ils avaient été et pourquoi ils ne faisaient plus d'économies. Après cinq minutes de conversation, elle avait obtenu les livrets. Je l'avais ramenée chez moi et nous les avions contrôlés. Puis je lui avais remis l'argent nécessaire et nous avions eu l'impression que cette fois ça y était.

Mais ce matin, je désirais savoir si tout était au point, si tout allait comme nous le voulions. Or je n'arrivais pas à accrocher son regard. Je ne parvenais pas à lui glisser un mot. Il y eut toujours des gens devant son guichet et elle n'eut même pas le temps d'aller déjeuner. Elle se fit envoyer du lait et des sandwiches. Tous les mercredis on envoie, de la maison mère, deux comptables supplémentaires et chaque fois que l'un d'eux s'approcha d'elle pour l'aider ou qu'elle fut obligée de s'absenter de sa table, je sentis mes mains se tremper de sueur et je perdis le fil de ce que je faisais. Croyez-moi, cette journée n'en finissait pas.

Enfin vers deux heures et demie, cela ralentit un peu et cinq minutes avant trois heures, il n'y eut plus personne. À trois heures juste, Adler ferma la porte. Nous terminâmes le travail. Les comptables supplémentaires eurent fini les premiers parce qu'ils n'avaient à s'occuper que de la caisse d'une seule journée. Vers trois heures et demie, ils laissèrent leurs livres, me firent leur rapport et s'en allèrent. Je restai assis à mon bureau regardant vaguement des papiers pour éviter de marcher de long en large et de montrer à tous que j'étais inquiet.

À quatre heures moins le quart, j'entendis un tapotement sur une vitre. Je ne levai pas la tête. Il y a toujours un dernier client qui tente d'entrer. Si vous le regardez, vous êtes perdu. Je continuai à m'intéresser à mes papiers mais Adler alla ouvrir la porte et qui entra ? Brent, tout brûlé par le soleil, un sourire au visage et une serviette à la main. Des « Oh ! » éclatèrent de toutes parts, tous se levèrent pour lui serrer la main, sauf Sheila. On lui demanda comment il se portait et quand il reprendrait son travail. Il répondit qu'il était rentré la veille et qu'il retravaillerait bientôt. Comment ne pas faire comme les autres ? Je serrai donc les dents et lui tendis la main, mais je ne m'informai pas de la date à laquelle il reviendrait au bureau.

Il expliqua qu'il voulait prendre quelques objets à lui. En se dirigeant vers le vestiaire, il passa près de Sheila et lui parla. Elle répondit sans lever la tête. Les autres reprirent leurs occupations.

— Mince, ce qu'il a bonne mine !

— Ça lui a réussi !

— Il a engraissé de dix kilos au moins.

— Vraiment, on l'a bien soigné.

Au bout d'un moment, il revint, ferma sa serviette, parla encore un peu et sortit. Les autres terminèrent leurs écritures et portèrent leurs caisses dans le cabinet des coffres-forts. Helm y ramena également les petits chariots portant les fiches et on partit. Snelling s'y rendit à son tour pour mettre le loquet de contrôle.

C'est alors que Church recommença à m'ennuyer. C'était la fille la moins appétissante que je connaisse. Elle était épaisse et maladroite. Elle parlait toujours comme si elle faisait un cours de morale. On aurait dit une de ces employées qui, dans le sous-sol d'un grand magasin, font la démonstration d'un nouvel appareil à épousseter. Elle voulut me décrire une étonnante machine à calculer qu'on venait de lancer sur le marché et me demanda si je ne croyais pas que nous pourrions en avoir besoin. Je lui répondis que c'était très intéressant, mais qu'il fallait y réfléchir. Alors, elle recommença toute son explication et, juste au moment où je croyais que c'était terminé, elle poussa un petit cri et montra du doigt le plancher.

Je vis alors la chose la plus affreuse qui puisse exister. Une monstrueuse araignée comme celles de Californie. Elles ont la taille d'une tarentule et sont aussi dangereuses. Celle-là était énorme et s'avançait vers moi de sa démarche cahotante et inexorable. Je levai le pied pour la tuer mais Church poussa un nouveau cri. Elle hurla que si je l'écrasais elle se trouverait mal. Déjà, les autres étaient autour de nous : Snelling, Sheila et Adler. Snelling proposa de la ramasser dans une feuille de papier et de la jeter dehors. Sheila demanda qu'on fasse vite car elle était horrible. Adler prit un papier sur mon bureau, en fit une sorte d'entonnoir et, avec un porte-plume, poussa l'araignée dedans. Puis, il replia le haut de l'entonnoir et nous le suivîmes tous quand il alla dans la rue pour jeter cette sale bête dans l'égout. Mais un agent survint, voulut voir ce que nous transportions, et s'en empara sous le prétexte que sa femme, avec leur Pathé-Baby, la filmerait.

Nous rentrâmes dans la banque et j'aidai Snelling à fermer le cabinet des coffres. Puis à son tour il s'en alla. Church le suivit. Adler fit un dernier tour d'inspection. Je restai enfin seul avec Sheila.

Je m'approchai d'elle tandis qu'elle se regardait dans la glace du vestiaire.

— Alors?

— Cette fois, c'est fini.

— Tout est réglé jusqu'au moindre centime.

Pendant le mois qui venait de s'écouler, je n'avais pour ainsi dire pensé qu'à cet instant, et maintenant qu'il était là, en un cinquième de seconde, je sentis une colère m'envahir. Mais c'était à cause de Brent.

— Il vous ramène chez vous, votre mari?

— Il ne me l'a pas proposé.

— Alors, allez m'attendre dans ma voiture. J'ai une ou deux choses à vous dire.

Elle partit. Adler mit ses vêtements civils et nous fermâmes ensemble la banque. Je me précipitai vers l'auto. Je ne me dirigeai pas vers sa maison, mais vers la mienne et je n'attendis pas d'être arrivé pour éclater.

— Pourquoi ne m'avez-vous pas dit qu'il était revenu?

— En quoi cela vous intéressait-il?

— Quoi?

— Puisque vous me le demandez maintenant, je vous avouerai que je ne savais pas qu'il était rentré lorsque je vous ai quitté hier soir. Il était chez moi quand je suis arrivée. Aujourd'hui, je n'ai vraiment pas eu une minute pour vous parler.

— Je croyais qu'il devait rester un mois là-bas?

— Moi aussi.

— Alors, pourquoi est-il de retour?

— Je n'en ai pas la moindre idée. Il cherche peut-être à connaître ce qui va lui arriver. N'oubliez pas que c'est demain le contrôle des caisses. Il le sait aussi bien que nous. C'est probablement pour cela qu'il a interrompu sa convalescence.

— Êtes-vous sûre qu'il n'avait pas très envie de vous voir... puisqu'il était encore debout quand vous êtes rentrée hier ?

— Si c'est ce qui vous inquiète, je vous dirai aussi que j'ai dormi avec mes enfants.

Je ne me souviens plus si je l'ai crue ou non. Je vous ai déjà dit que j'étais complètement fou d'elle, et tout l'argent qu'elle me coûtait, tout le bouleversement qu'elle avait apporté dans ma vie ne faisaient que me la rendre plus chère. L'idée qu'elle avait passé la nuit dans la même maison que lui et qu'elle ne m'en avait pas parlé me laissait tout frissonnant. Depuis que nous nous étions avoué nos sentiments, c'était la première fois que nous abordions ce sujet. Brent avait d'abord été à l'hôpital, puis il était parti pour Arrowhead, si bien qu'en quelque sorte, jusqu'à présent, il n'avait pas semblé exister. Mais voilà qu'il existait bel et bien maintenant et j'étais encore furieux comme un ours lorsque nous arrivâmes chez moi. Sam alluma le feu et Sheila s'assit. Je restai debout. Je me mis à marcher de long en large tandis qu'elle fumait.

— Eh bien ! il faut tout lui dire.

— Bien sûr.

— Mais c'est tout qu'il faut lui dire.

— Dave, je lui dirai tout, croyez-moi, et plus même que vous ne pensez, dès que je pourrai le faire.

— Pourquoi pas dès maintenant ?

— Je ne suis pas prête.

— Qu'est-ce que ça veut dire ?

— Asseyez-vous un moment.

— Voilà, je suis assis.

— Pas comme ça, venez près de moi.

Je me rapprochai d'elle. Elle prit ma main et me regarda dans les yeux.

— Dave, vous oubliez une chose…

— Pas que je sache.

— Je le crois pourtant… Vous semblez avoir oublié qu'aujourd'hui nous avons terminé la tâche que nous avions entreprise. Et ceci grâce à vous. Grâce à vous, je ne vais plus rester des nuits entières éveillée à me demander si mon père ne va pas être ruiné, si mes enfants ne subiront pas d'affront… sans parler de moi. C'était tellement dangereux pour vous ce que vous avez fait là. J'ai souvent refusé de penser à ce qui arriverait si tout n'allait pas bien. À votre carrière brisée, alors qu'elle s'annonce si bien. Mais tout a si bien marché. C'est merveilleux. Vous avez été plus généreux qu'aucun autre homme, plus même qu'aucun n'aurait imaginé pouvoir être. Et maintenant, c'est fait. Pas une fiche, pas une virgule, pas un centime manquant… ne donnera l'éveil. Je peux dormir en paix. N'est-ce pas le plus important ?

— Soit… alors vous quittez votre mari.

— C'est entendu, mais…

— Vous le quittez dès ce soir. Vous venez ici, avec vos enfants, et si cela vous ennuie, nous partons tout de suite. Nous irons où vous voudrez…

— Non, non, nous ne ferons pas cela.

— Je vous dis que…

— Et moi je vous dis que je ne vais pas commencer à me disputer avec vous jusqu'à deux ou trois heures du matin et même peut-être jusqu'à demain. Écoutez-moi, je n'ai pas envie qu'il aille répéter partout que je me suis mal conduite avec lui, qu'il peut reprendre ses enfants et tout le reste ?

» Quand je serai prête, quand je saurai exactement ce que j'ai à lui dire, quand mes enfants seront en sécurité chez mes parents, quand tout sera au point et que je pourrai tout régler en une odieuse demi-heure…, alors j'agirai. Que pendant ce temps, il se ronge les poings d'inquiétude, c'est parfait. Cela ne lui fait pas de mal. Quand j'en serai là, je filerai à Reno et, si vous voulez toujours de moi, alors je commencerai à vivre… Vous comprenez cela, Dave ? Ce qui vous inquiète ne peut pas arriver. Voyons… Cela fait près d'un an qu'il ne m'a même pas regardée. Dave, ce soir, je voudrais être heureuse… Heureuse avec vous. C'est tout.

J'eus honte de moi. Je la pris dans mes bras et je sentis ma gorge se serrer lorsqu'elle soupira et se blottit contre moi comme une enfant, les yeux fermés.

— Sheila?

— Oui?

— Il faut fêter ce grand jour.

— All right.

Et nous le fêtâmes. Elle téléphona à sa bonne et la prévint qu'elle rentrerait tard. Nous allâmes d'abord dans un restaurant, puis dans une boîte de nuit de Sunset Boulevard. Nous ne parlâmes plus de Brent, ni du détournement de fonds, ni d'autre chose, mais seulement de nous deux et de la vie que nous mènerions ensemble. Nous restâmes jusqu'à une heure du matin. Je ne songeai à Brent que lorsque j'arrêtai ma voiture, non loin de chez Sheila et le même frisson me parcourut. Si Sheila le remarqua, elle n'en souffla mot. Elle m'embrassa en me souhaitant une bonne nuit et rentra chez elle.

VII

Je passai derrière ma maison, mis ma voiture en place, fermai le garage et revins vers la porte d'entrée. J'allai ouvrir quand j'entendis qu'on m'appelait par mon nom. Une silhouette se détacha de l'ombre des arbres et vint vers moi. C'était Helm.

— Je m'excuse de vous importuner à cette heure, Mr Bennett, mais j'avais à vous parler.

— Entrez donc.

Il semblait nerveux. Je lui offris à boire. Il m'assura qu'il ne voulait rien. Il s'assit, alluma une cigarette et j'eus l'impression qu'il ne savait pas par où commencer.

— Avez-vous vu Sheila Brent ?

— … Pourquoi ?

— Vous êtes bien parti avec elle ?

— Oui, j'avais à lui parler. Nous avons dîné ensemble. Je… viens de la reconduire chez elle.

— Avez-vous vu Brent ?

— Non. Il était assez tard. Je ne suis pas entré.

— Vous a-t-elle parlé de lui ?

— Oui et non… Pourquoi ?

— L'avez-vous vu quitter la banque aujourd'hui ?

— Il est parti avant vous.

— Mais la seconde fois, l'avez-vous vu s'en aller ?

— … Il n'est entré qu'une fois.

Il continua à me regarder fixement, fuma et me regarda à nouveau. C'était un homme de vingt-quatre à vingt-cinq ans et il ne travaillait avec nous que depuis deux ans. Peu à peu, il retrouva son calme en me parlant.

— … Il est entré deux fois.

— Non, il n'est venu qu'une seule fois. Il a gratté au carreau. Adler lui a ouvert. Il m'a parlé quelques instants. Puis il est allé au vestiaire, prendre des choses à lui. Il est parti ensuite. Vous étiez là. Sauf les deux comptables supplémentaires, personne n'avait fini son travail encore. Il a dû s'en aller au moins un quart d'heure avant vous.

— C'est exact. Je suis parti à mon tour. J'avais terminé mes comptes, rangé ma caisse. Je me suis rendu en face, au drugstore, pour prendre un verre de lait. J'étais assis et je buvais quand il est entré à nouveau.

— C'est impossible. Tout était fermé.

— Il s'est servi d'une clé.

— … Quand était-ce ?

— Un peu après quatre heures. Quelques minutes avant que vous sortiez tous avec cette araignée.

— Et ensuite ?

— Je ne l'ai pas vu ressortir.

— Pourquoi ne me l'avez-vous pas dit ?

— Je ne vous ai pas trouvé. Je vous ai pourtant cherché.

— Vous m'avez bien vu partir avec Sheila Brent.

— Oui, mais à ce moment-là je n'avais pas fait le rapprochement. L'agent qui a pris l'araignée est entré dans le drugstore pour acheter de la pellicule pour sa caméra. Je l'ai aidé à mettre la bestiole dans une boîte vide. On a fait des trous dans le couvercle et je ne regardais pas tout le temps vers la banque. Ce n'est qu'un peu plus tard que l'absence de Brent m'a frappé. Je me suis dit que cela ne tenait pas debout et qu'il n'y fallait plus penser, qu'à force de s'occuper d'argent, cela me donnait des idées stupides et…

— Et ensuite ?

— Je suis allé au cinéma avec les Snelling.

— Snelling l'a-t-il vu partir, lui ?

— Je n'ai rien dit à Snelling. Je ne sais pas ce qu'il a vu. Mais dans le film, ce soir, il y avait un truc mexicain qui m'a paru bizarre. Je me suis mis à discuter avec Snelling lorsque nous sommes rentrés chez lui et, en désespoir de cause, nous avons décidé de téléphoner à Brent pour qu'il nous mette d'accord. Vous savez qu'il a fait un séjour à Mexico… Il était minuit quand nous l'avons appelé.

— Et ?

— La bonne a répondu qu'il n'était pas chez lui.

Brusquement, nous nous regardâmes en face. Minuit, c'était bien tard pour qu'un homme qui vient de subir une opération si grave fût encore dehors.

— Venez avec moi.

— Vous prévenez Sheila Brent ?

— Allons à la banque.

La ronde du surveillant de nuit se faisait toutes les heures. Nous le rencontrâmes vers deux heures. L'idée qu'il puisse y avoir quelqu'un dedans et qu'il n'en sache rien lui sembla une insulte personnelle mais, néanmoins, je le décidai à nous faire entrer et nous fîmes avec lui le tour complet. Nous montâmes au premier où sont les archives et nous regardâmes derrière chaque pile. Nous allâmes à la cave et je regardai derrière la chaudière. Nous passâmes partout et je regardai même sous les comptoirs, même sous mon propre bureau. Il nous sembla avoir tout examiné. Le surveillant marqua son passage et nous sortîmes à nouveau dans la rue. Helm continuait à se gratter le menton.

— Eh bien ! c'était une fausse alerte.

— On dirait.

— Je suis navré de vous avoir dérangé.

— Mais non, vous avez eu raison.

— Ce n'est pas la peine de téléphoner à Sheila Brent ?

— Il est tout de même un peu tard.

Je sentis qu'il pensait que nous devrions appeler Sheila, mais il désirait que ce fût moi. Il n'était pas convaincu du tout. Cela se voyait à sa façon d'agir. Le surveillant de nuit, lui, devait nous prendre pour deux fous. Je reconduisis Helm chez lui en voiture. Il marmonna encore quelques mots au sujet de Sheila, mais je fis semblant de ne pas entendre. En le quittant, je me dirigeai vers ma maison, mais à peine avais-je tourné le coin de la rue que je fis route vers Mountain Drive.

Il y avait de la lumière et la porte s'ouvrit dès que je mis le pied sur le perron. Sheila était tout habillée et j'eus l'impression qu'elle m'attendait. Je la suivis dans le salon et je parlai très bas pour que personne n'entendît, mais je ne perdis pas de temps en baisers et en tendresses.

— Où est Brent ?

— Dans le cabinet des coffres-forts.

Ce n'était qu'un murmure. Elle s'effondra dans

un fauteuil sans me regarder, mais tous les soupçons, j'entends tous les doutes qui m'avaient fait supposer qu'elle me prenait pour un jobard, revinrent d'un seul coup et me firent trembler de rage. Je dus humecter deux ou trois fois mes lèvres avant de pouvoir articuler.

— C'est drôle que vous ne me l'ayez pas dit !

— Je n'en savais rien.

— Comment, vous n'en saviez rien ? Si vous le savez maintenant vous le saviez aussi tout à l'heure. Vous n'allez pas me faire croire qu'il en est sorti, qu'il a emprunté mon téléphone et qu'il vous a prévenue ? C'est comme s'il était dans une tombe et il n'en sortira pas avant huit heures et demie demain matin.

— Voulez-vous m'écouter ?

— Je vous demande encore une fois pourquoi vous ne m'avez rien dit ?

— Quand je suis rentrée et que je ne l'ai pas trouvé à la maison, je suis allée à sa recherche. J'ai, du moins, cherché sa voiture. Je suis allée là où il la range d'habitude, quand il est dehors. Elle n'y était pas. En rentrant à la maison, je suis passée devant la banque. Au moment où je passais, j'ai aperçu la lumière rouge. Elle a brillé juste une fois.

Je ne sais pas si vous savez comment fonctionne ce que nous appelons le cabinet des coffres-forts. Il y a deux boutons à l'intérieur. L'un commande la lumière qui s'éclaire quand quelqu'un veut se rendre à son coffre. L'autre est pour la lumière rouge qui, elle, est allumée toute la journée, au-dessus de la porte. C'est le signal du danger. Tout employé vérifie si elle est bien allumée quand il entre dans ce cabinet. Lorsqu'on le ferme, on éteint cette lumière, et je l'avais moi-même éteinte l'après-midi quand, avec Snelling, j'avais fermé la porte. La nuit, tous les rideaux de la banque sont levés de façon que tout le monde : agents, surveillants et passants puissent voir à l'intérieur. Si la lumière rouge est allumée, on la remarque, mais je ne crus pas ce qu'elle disait. Je ne crus pas non plus qu'elle fût passée par la banque.

— Tiens, la lampe rouge vous a fait de l'œil ? C'est curieux. Elle n'en a pas fait à moi quand j'y étais, il y a deux minutes.

— J'ai dit qu'elle s'était allumée une seule fois. Ce n'était pas un signal. Il a dû appuyer sur le bouton par mégarde. Si c'était un signal, il aurait allumé plusieurs fois.

— Comment est-il entré là-dedans ?

— Je n'en sais rien.

— Moi, je crois que vous le savez.

— Je n'en sais rien, mais je le sens. Le seul moment où il a pu le faire, c'est pendant que nous étions tous penchés sur cette araignée.

— Que vous aviez apportée exprès.

— Qu'il avait apportée, lui.

— Que fait-il là-dedans ?

— Je n'en sais rien.

— Dites donc, il faudrait quand même cesser de vous moquer de moi.

Elle se leva et se mit à marcher de long en large.

— Dave, je le vois. Vous êtes persuadé que je suis sa complice. Vous croyez que j'en sais plus que je ne vous en dis. Pourtant, je ne sais rien là-dessus. J'en sais peut-être davantage sur un autre point, mais je ne peux pas en parler parce que...

Elle s'arrêta, s'emporta soudain comme une folle et se mit à taper le mur de ses poings.

— Vous m'avez achetée ! C'est là que j'ai fait une bêtise. J'aurais dû refuser. J'aurais dû souffrir n'importe quoi plutôt qu'accepter cet argent de vous. Pourquoi l'ai-je pris ? Pourquoi ne vous ai-je pas...

— Pourquoi n'avez-vous pas fait ce que je vous demandais, ce soir ? Pourquoi n'êtes-vous pas rentrée pour lui envoyer tout de suite sa vérité à la figure ? Pourquoi ne pas lui dire que c'était fini et qu'il n'avait plus rien à espérer de vous ?

— Parce que je voulais être heureuse. Oh ! mon Dieu !

— Non... C'est parce que vous saviez qu'il n'était pas ici, parce que vous saviez qu'il était là-bas et que vous trembliez que je l'apprenne.

— Ce n'est pas vrai ! Comment pouvez-vous dire cela ?

— Oh ! je comprends tout. Vous avez accepté mon argent, chaque jour, mais pas un sou n'est allé dans la caisse. Ensuite, vous et lui vous avez pensé qu'il serait bon de simuler un cambriolage pour cacher ce vol. C'est pour cela qu'il est maintenant dans ce cabinet. Et si Helm ne s'en était pas aperçu, s'il n'avait pas remarqué que, la seconde fois, Brent n'est pas ressorti de la banque, je ne vois pas qui aurait pu vous empêcher de vous en tirer à votre avantage. Vous étiez bien sûre que je n'oserais pas ouvrir le bec sur l'argent que je vous ai remis. Et s'il sort de là, masqué, s'il réussit à s'enfuir, qui pourra jurer que c'est bien lui? Malheureusement, il y a Helm. Maintenant, il est foutu. Voilà, Mrs Brent, ce cabinet qui ne raconte pas ses secrets avant huit heures et demie du matin, n'accepte pas non plus les messages de l'extérieur. Si Brent ne peut communiquer avec vous, vous ne pouvez pas non plus communiquer avec lui. Laissons-le poursuivre la petite comédie qui était si parfaite hier après-midi et je lui promets une jolie surprise à la sortie, à vous aussi d'ailleurs. Il sera reçu par un charmant comité demain matin et vous pourrez vous mettre à ses côtés.

Elle me regarda en face pendant que je parlais et la lumière qui l'éclairait me montra ses yeux qui lançaient des éclairs. Elle avait parfois des apparences de chat, mais, à ce moment, elle semblait presque sortir de la jungle. Cela ne dura pas. Une seconde plus tard, elle était écroulée sur le divan et elle sanglotait. Alors, je m'en voulus affreusement d'avoir parlé comme je l'avais fait et je dus m'enfoncer les ongles dans les paumes pour ne pas pleurer moi aussi.

Tout à coup, le téléphone sonna. Par ce qu'elle répondit, je conclus que c'était son père et qu'il avait vainement tenté de l'atteindre tout l'après-midi et dans la soirée. Elle l'écouta longtemps et, quand elle raccrocha, elle s'allongea et ferma les yeux.

— Charles est là-bas pour remettre l'argent qu'il avait volé.

— Quoi ? Comment se l'est-il procuré ?

— Mon père le lui a donné ce matin... hier matin plutôt...

— Et votre père avait cette somme... toute prête ?

— Il l'avait obtenue après ma visite. Quand je lui ai dit ensuite que je n'en avais plus besoin, il l'a gardée dans son coffre... à tout hasard. Charles est allé le voir et la lui a réclamée. Je ne sais sous quel prétexte, mais papa l'a accompagné à la Westwood Bank et la lui a remise. Il n'a pas osé me prévenir à la banque. Il a essayé de m'atteindre ici. La bonne m'a bien laissé un mot, mais il était si tard lorsque je suis rentrée que je n'ai pas voulu l'appeler. C'est ma faute aussi, j'aurais dû prévenir Charles. J'ai eu tort de ne pas le rassurer.

— Je voulais que vous le préveniez.

— Oui, je m'en souviens.

Il se passa un long moment ensuite avant que l'un ou l'autre nous nous hasardions à prononcer un mot. Et, pendant ce temps, mon esprit, comme un écureuil en cage, chercha à reconstruire ce qui se passait dans le cabinet des coffres-forts. Elle avait dû penser aux mêmes choses, car elle commença :

— Dave ?

— Oui ?

— Et s'il remet cet argent dans la caisse ?

— Alors… nous sommes perdus.

— Que va-t-il arriver ?

— Si je le trouve là-dedans, je dois le garder jusqu'à ce que nous ayons vérifié jusqu'au dernier centime. S'il ressort que nous avons 9 000 dollars de trop, que faire ?

— On découvrira tout ?

— Tant que personne ne soupçonne ce que nous avons fait, nous pouvons nous en tirer. Mais qu'on fasse un contrôle sérieux et tout apparaîtra immédiatement.

— Et vous perdrez votre situation ?

— Imaginez que vous soyez la maison mère, qu'en penseriez-vous ?

— … Je vous ai ruiné.

— Je l'ai bien voulu.

— Je comprends que vous soyez furieux.

— Bah ! je vous ai dit des choses que je ne pensais pas réellement.

— Dave ?

— Oui ?

— Il y a peut-être encore une chance.

— Laquelle ?

— Charles.

— Je ne vois pas.

— Après tout, ce sera peut-être une bénédiction que je n'aie rien dit. Il ne sait pas ce que j'ai fait en son absence. Il ne sait pas que j'ai corrigé ses faux. Il a peut-être voulu voir où j'en étais avant de faire quoi que ce soit. Il est tellement malin. Or, dans le cabinet maintenant, il a toutes les fiches à sa disposition. Vous voyez où je veux en venir, Dave ?

— Pas très bien.

— Il faut peut-être lui laisser l'initiative maintenant…

— Je ne veux rien avoir à faire avec lui.

— Moi, j'aimerais assez lui tordre le cou. Mais peut-être que si vous ne forcez pas les choses, si vous restez parfaitement naturel, si vous me laissez quelques secondes avec lui, juste assez pour savoir ce qu'il a fait, peut-être que nous éviterons le pire. Il ne sera pas assez fou pour rendre l'argent, s'il voit que l'argent a déjà été remboursé !

— L'a-t-il été ?

— Vous ne le croyez pas ?

Je la pris dans mes bras et j'oubliai, pour un temps, ce qui nous attendait le lendemain. Lorsque je la quittai, j'eus encore l'impression que je la gardais avec moi.

VIII

Je rentrai donc chez moi pour la seconde fois cette nuit-là. J'éteignis la lumière, montai dans ma chambre, me déshabillai et me jetai sur mon lit. J'essayai vainement de dormir. Tout tournait dans ma tête. Je me demandais surtout comment agir à huit heures et demie, lorsqu'on ouvrirait la porte du cabinet. Comment avoir l'air de trouver cela naturel ? Si moi j'avais deviné que Brent était là, Helm avait dû le deviner aussi. Il m'avait surveillé. Il avait vu mes réactions et ses soupçons étaient certainement éveillés puisqu'il savait que j'étais resté très tard avec Sheila. Après avoir réfléchi, je décidai que le seul moyen d'en sortir était de dire tranquillement un mot à Helm, de lui expliquer que j'allais voir comment cela tournerait, que j'attendrais les explications de Brent, si toutefois il était exact qu'il fût là. J'essayai encore de dormir. Mais cette fois, ce ne fut plus l'aventure du lendemain qui m'inquiéta, ce fut Sheila. Je me souvins de ce que nous nous étions dit, des affreuses réflexions que j'avais faites, de la façon dont elle les avait acceptées. Quand le jour se leva, il me trouva assis sur mon lit. Je ne sais comment j'en étais arrivé à cette conclusion, je n'avais pas la moindre idée de ce que j'allais faire, mais j'étais plus que jamais convaincu qu'elle me menait par le bout du nez et qu'il y avait dans toute cette histoire une chose qu'elle me cachait.

Je décrochai le téléphone et fis un numéro. On n'a pas besoin d'être dans une banque depuis longtemps pour connaître par cœur le numéro du chef des gardiens. J'appelai donc Dyer et il me répondit au bout d'une ou deux minutes. Il n'avait pas l'air aimable.

— Allô ?

— C'est vous, Dyer ?

— Oui, qui est à l'appareil ?

— Je m'excuse de vous réveiller. Ici David Bennett.

— Que voulez-vous ?

— J'ai besoin de vous.

— Pour quoi diable ?

— J'ai des raisons de croire qu'il y a un homme dans le cabinet des coffres-forts, à notre succursale de l'avenue Anita, à Glendale. Je ne sais pas ce qu'il va faire, mais je voudrais que vous soyez là lorsqu'on ouvrira tout à l'heure. J'aimerais aussi que vous ayez deux hommes avec vous.

Jusque-là, il m'avait écouté en dormant à moitié. Brusquement, il parut se souvenir qu'il était détective.

— Qu'est-ce que vous racontez ? Comment savez-vous qu'il est là ? Qui est-ce ?

— Je vous raconterai ce que je sais quand je vous verrai. Pouvez-vous venir vers sept heures ? Est-ce trop tôt ?

— À votre disposition, Mr Bennett.

— Alors, soyez chez moi à sept heures. Amenez

vos hommes. Je vous mettrai au courant et vous dirai ce que je compte faire.

Il prit mon adresse et je retournai me coucher.

Je tentai d'imaginer ce que je lui demanderais. Je parvins à mettre un plan debout. Je voulais qu'il fût présent pour protéger la banque et moi-même au besoin, au cas où Sheila m'aurait menti. Je voulais, en même temps, qu'il fût assez éloigné pour que Sheila eût ces quelques secondes qu'elle m'avait demandées, au cas où elle aurait dit la vérité. En fait, je voulais que, si Brent était coupable, il se trouvât en face de types capables de tirer et de tirer bien. Mais s'il sortait avec un air égaré, s'il affirmait qu'il avait été enfermé par accident et si Sheila découvrait que nous pouvions encore tout sauver, il faudrait en profiter. Je réfléchis longuement et je crus être parvenu à une solution satisfaisante.

Vers six heures, je me levai, me baignai, me rasai et m'habillai. Je tirai Sam de son lit et lui fis préparer des œufs au bacon et du café. Je lui demandai de rester debout au cas où les hommes qui viendraient n'auraient pas pris leur petit déjeuner. Puis, j'allai dans le living-room et commençai à arpenter le plancher. Il faisait froid. J'allumai le feu. Mon esprit ressassait les mêmes choses.

À l'instant où sonnaient sept heures, Dyer entra avec ses bonshommes. Dyer est grand. Il a un visage osseux et des yeux perçants. Il a dans les cinquante ans. Les deux autres, larges épaules, cous solides et visages rouges, étaient à peu près de mon âge, dans les trente ans. Ils avaient exactement l'air de ce qu'ils étaient : d'anciens agents devenus gardiens de banques. L'un s'appelait Halligan, l'autre Lewis. Ils acceptèrent tous le breakfast et nous passâmes dans la salle à manger, tandis que Sam faisait le service avec une célérité inconnue.

Je leur racontai aussi succinctement que je pus comment Brent avait été absent pendant deux mois à cause de son opération et comment il était revenu la veille chercher ses affaires. J'expliquai comment Helm l'avait vu entrer dans la banque pour la seconde fois, et comment il avait remarqué qu'il n'était pas ressorti. Je dis comment Sheila était partie à sa recherche, la nuit, et comment elle avait cru voir briller la lumière rouge. Je dus dévoiler cela afin de me protéger pour plus tard, car Dieu seul savait ce qui sortirait de tout cela ensuite. Je ne me sentais plus du tout sûr de Sheila.

Je ne soufflai pas mot des faux. Je ne parlai pas non plus du père de Sheila. Je dis ce qui me semblait le strict nécessaire et je le fis rapidement.

— Pour moi, Brent s'est trouvé bloqué là-dedans par mégarde. Bien entendu, je n'en suis pas sûr. Il se peut au contraire, mais cela me paraît peu vraisemblable, qu'il y soit entré délibérément et qu'il prépare un mauvais coup. Je voudrais donc que vous soyez présents, que vous puissiez voir ce qui se passe. Si tout va bien, je vous fais signe et vous rentrez chez vous. S'il arrive quelque chose vous serez là. Un homme qui passe toute une nuit dans un cabinet clos ne doit pas se sentir en pleine forme le matin. Nous aurons peut-être besoin d'une ambulance. Si cela est, je vous avertirai.

Je respirai un peu plus librement. Tout cela semblait assez naturel et Dyer n'avait pas cessé d'engouffrer ses œufs et ses toasts. Quand ils commencèrent à boire leur café, Dyer alluma une cigarette :

— Enfin c'est ainsi que vous imaginez la situation.

— À peu près.

— Vous lui faites donc confiance ?

— Qu'en pensez-vous ?

— Ce type est un bon employé ?

— C'était notre chef comptable.

— Donc, il n'a pu être enfermé par erreur. Ce n'est pas plus possible qu'à un chirurgien de se coudre dans le ventre d'un malade. De plus, vous ne pouviez pas non plus l'enfermer par mégarde. Vous prenez toujours les précautions habituelles en fermant la porte, n'est-ce pas ?

— Sans doute.

— Et vous l'avez fait hier ?

— Autant que je m'en souvienne.

— Vous avez regardé à l'intérieur ?

— Bien sûr.

— Et vous n'avez rien vu ?

— Non, sûrement non.

— Donc, il est là-dedans volontairement.

Les deux autres hochèrent la tête et me regardèrent comme si j'étais un peu demeuré.

Dyer poursuivit :

— Un type peut se planquer là-dedans. J'y ai souvent pensé. On pense souvent à des trucs comme ça dans mon métier. Quand les chariots qui contiennent les fiches sont rentrés, il peut très bien se cacher derrière. S'il reste accroupi, immobile, vous fermez la porte sans le voir. Mais on n'est jamais enfermé là-dedans par accident. Ce n'est pas vrai.

Je sentis mon estomac se serrer. Il me fallait avaler une pilule qui ne me plaisait pas du tout.

— N'oublions pas l'élément humain dans cette histoire. Rien jusqu'à présent ne nous permet de penser que ce type veuille faire une blague. Je vous avouerai que j'ai été envoyé ici pour étudier ses méthodes. J'ai été tellement impressionné par son travail que je vais écrire un article à ce sujet.

— Quand a-t-il pu entrer dans ce cabinet ?

— Lorsque nous avons trouvé une énorme araignée…

— Une grosse, avec des tas de poils dessus ?

— C'est ça. Nous étions tous réunis autour. On se demandait ce qu'on allait en faire. Il était même peut-être avec nous à ce moment-là. Nous sommes sortis pour la jeter dehors et c'est alors qu'il a dû entrer dans le cabinet. C'était peut-être simplement pour y jeter un coup d'œil ou pour ouvrir son coffre, je n'en sais rien. Et… il devait y être quand nous avons fermé.

— Et ça ne vous paraît pas drôle ?

— Pas spécialement.

— Si vous voulez réunir tous les employés d'une

banque dans un même endroit, si vous vouliez qu'ils regardent tous dans la même direction, afin de pouvoir vous glisser vers les coffres-forts, trouveriez-vous un meilleur prétexte que l'une de ces affreuses bestioles ? Un serpent à sonnette aussi ce ne serait pas si mal !

— Cela me semble un peu fort.

— Non. Surtout si le type revient des montagnes. Vous dites qu'il était au lac d'Arrowhead, n'est-ce pas ? Il y a des tas d'araignées par là. Je n'en ai jamais vu une seule à Glendale. S'il a lâché cette bête la première fois qu'il est entré, il n'avait plus qu'à attendre qu'on l'aperçoive, et alors le jeu était facile.

— Il courait un gros risque.

— Aucun risque. Imaginez que vous l'ayez remarqué. Il regardait l'araignée lui aussi, non ? Il était donc rentré avec sa clef pour savoir ce qui causait cette brusque agitation. Il pouvait même avoir cru qu'on aurait besoin de lui… Mr Bennett, croyez-moi, ce n'est pas par accident ni par erreur qu'il est là-dedans. C'est absolument impossible.

— Alors, que suggérez-vous ?

— Voilà : Halligan, Lewis et moi, nous allons tenir le cabinet sous le feu de nos brownings tandis que vous ouvrirez la porte. Nous mettrons immédiatement ce type en état d'arrestation afin de savoir pourquoi il était là. S'il a de la galette sur lui, nous la prendrons. Je le traiterai exactement comme on doit traiter quelqu'un qui a fracturé un coffre-fort. Il ne faut pas qu'il nous file entre les doigts.

— Je ne puis accepter cela.

— Pourquoi pas ?

Pendant une seconde, je ne sus que répondre. Ce que je ne voulais à aucun prix, c'est qu'on le fouille s'il n'avait pas remis dans la caisse l'argent que son beau-père lui avait donné, il aurait cette énorme somme sur lui. Or, un homme qui sort du cabinet des coffres d'une banque avec 9 000 dollars sur lui provoque immédiatement une certaine curiosité. L'enquête, inévitable ensuite, me ruinerait. Mais si, tout à coup, on est forcé de réfléchir vite, on y arrive. Je réagis donc comme si je m'étonnais qu'il ne comprît pas.

— Mais voyons, au point de vue moral !

— Je ne vois pas ce que le point de vue moral vient faire là.

— Je ne veux pas que les employés présents voient que, sans connaître ses raisons, et seulement parce qu'il a été enfermé avec les coffres-forts, je fais arrêter notre meilleur comptable et je le considère comme un bandit. C'est impossible.

— Je ne suis pas d'accord.

— Mettes-vous à leur place.

— Ils travaillent tous à la banque, n'est-ce pas ?

— Ce ne sont pas des criminels.

— Toute personne qui travaille dans une banque est soupçonnable de la minute où elle entre jusqu'à celle où elle sort. Ce sont des gens à qui d'autres gens confient leur argent. On peut donc toujours tout craindre. C'est pourquoi on les surveille tellement. C'est pourquoi il y a tant de contrôles. Ils le savent et ils savent que cela doit être ainsi. S'il n'est pas fou, s'il n'a rien à se reprocher et s'il est là par accident, il comprendra pourquoi nous tenons nos revolvers. Croyez-moi, il est là dans un but précis et vous devez aux autres employés la protection qu'ils ont le droit d'attendre de vous.

— Je ne vois pas cela comme vous.

— À votre aise. Mais je le signalerai dans mon rapport et, devant Halligan et Lewis, je vous avertis officiellement. Vous me comprenez, Mr Bennett.

— Je vous comprends.

Mon estomac n'allait plus du tout et je ne sais pas comment je parvins à leur donner des ordres. Je voulais qu'ils restent dehors. Ils ne devaient entrer que si on avait besoin d'eux. Ils n'avaient qu'à attendre à l'extérieur.

Je passai devant dans mon auto et ils suivirent dans celle de Dyer. Quand je parvins à la banque, je donnai un coup de klaxon et Dyer me fit de la main un signe que j'aperçus dans le rétroviseur. Ils m'avaient demandé de leur montrer où était la banque, car, venant tous les trois de la maison mère, ils ne la connaissaient pas. Au carrefour suivant, je tournai et stoppai. Ils se rangèrent devant moi. Dyer passa sa tête par la portière :

— Ça va, j'ai vu où c'est.

Je repartis, tournai l'autre coin et rangeai ma voiture dans un endroit d'où je pouvais surveiller la banque. Helm apparut une ou deux minutes plus tard. Il ouvrit la porte de la banque et entra. Il est toujours le premier. Cinq minutes après, Snelling stoppa sa voiture devant le drugstore. Puis, Sheila arriva à pied. Elle s'arrêta près de Snelling et ils bavardèrent ensemble.

Les rideaux de la banque se baissèrent. C'était le processus habituel. Cela n'avait rien à voir avec le cabinet des coffres. La première personne qui pénètre le matin dans la banque fait le tour des bureaux. Cela, au cas où quelqu'un se serait dissimulé dedans pendant la nuit. On a vu des cambrioleurs faire des trous dans le toit et attendre ensuite, revolver au poing, pour sauter sur les coffres.

Le premier arrivant fait donc une inspection générale. Si tout va bien, il revient près de la porte d'entrée et baisse les rideaux. C'est le signe qu'attend le second employé qui se tient toujours de l'autre côté de la rue à ce moment-là. Mais ce n'est pas tout. Ce deuxième employé ne s'approche pas avant que le premier sorte de la banque, traverse la rue et lui donne le mot de passe. Ceci dans l'hypothèse où, à l'intérieur, se cacherait un bandit armé. En effet, quelqu'un peut connaître le signal des rideaux et obliger le premier arrivant à faire le geste coutumier. Seulement, si le premier arrivant ne sort pas immédiatement après avoir baissé les rideaux, celui qui attend sait que quelque chose ne va pas et il peut demander du secours rapidement.

Les rideaux étaient donc baissés. Helm sortit et Snelling descendit de voiture. Je l'imitai et vins vers eux. Helm et Snelling entrèrent. Je restai en arrière avec Sheila.

— Qu'allez-vous faire, Dave ?

— Lui donner une chance.

— Pourvu qu'il n'ait pas fait de bêtise ?

— Précipitez-vous vers lui et tâchez de savoir. Je vais essayer d'être aussi calme que possible. Je les retiendrai : écoutez ce qu'il dira. Expliquez-lui que je suis obligé de le garder jusqu'à ce qu'on ait vérifié les caisses. Sachez où il en est et faites-le-moi savoir.

— Que savent les autres ?

— Rien, à part Helm qui a dû deviner.

— Avez-vous jamais prié ?

— Je prie tant que je peux.

Adler arriva alors et nous entrâmes tous. Je regardai l'heure. Il était huit heures vingt. Helm et Snelling, chiffon en main, nettoyaient leurs bureaux. Sheila en fit autant. Je m'assis à mon bureau, l'ouvris et pris quelques papiers. C'étaient ceux mêmes que j'avais fait semblant d'examiner la veille. Cela me paraissait si loin. Je les étudiai quand même à nouveau. Ne me demandez pas ce que c'était. Je n'en sais encore rien.

Mon téléphone sonna. C'était Miss Church. Elle me raconta qu'elle ne se sentait pas bien et que, si cela ne me dérangeait pas, elle ne viendrait pas ce jour-là. Je dis que cela ne me dérangeait pas. Elle me déclara qu'elle avait horreur de manquer ainsi, mais que, si elle ne faisait pas un peu attention à elle, elle tomberait vraiment malade. Je lui dis qu'elle avait raison de prendre soin de sa santé. Elle s'informa encore si je n'avais pas oublié ce qu'elle m'avait expliqué au sujet de cette machine à calculer qui était si étonnante et qui, par le temps qu'elle ferait économiser, rembourserait elle-même son prix d'achat en moins d'un an. Je dis que je ne l'avais pas oublié. Elle recommença à me narrer à quel point elle se sentait mal et j'insistai pour qu'avant tout elle se soignât. Enfin elle raccrocha. Je regardai l'heure. Il était huit heures vingt-cinq.

Helm s'approcha et donna un coup de torchon à ma table. En se penchant, il me dit :

— Il y a un type devant le drugstore qui ne me revient guère et il y en a deux autres dans la rue.

Je levai la tête. Dyer, debout, lisait un journal.

— Je sais. C'est moi qui les ai appelés.

— Ah ! bon.

— Avez-vous parlé aux autres, Helm ?

— Non, monsieur, je n'ai rien dit.

— J'aime mieux ça.

— Inutile de faire une histoire sur un simple soupçon.

— C'est exact. Je vous aiderai à ouvrir le cabinet.

— Veillez à ce que la porte d'entrée ne soit pas fermée.

— Je vais l'ouvrir maintenant.

Enfin, la pendule sonna huit heures et demie et le loquet de contrôle tinta. Adler sortit du vestiaire en bouclant son ceinturon. Snelling dit un mot à Helm et se dirigea vers le cabinet. Il faut deux hommes pour manœuvrer la porte, même lorsque le loquet de contrôle a sauté. Chacun d'eux fait une combinaison.

J'ouvris le second tiroir de mon bureau, pris mon revolver automatique, ôtai le cran de sûreté, glissai l'arme dans ma poche et avançai à mon tour.

— Je vais faire cela, Snelling.

— Oh! ce n'est pas la peine, Mr Bennett. Nous avons l'habitude, Helm et moi. On orchestre ça comme une symphonie.

— J'ai envie d'essayer une fois.

— Soit, allez-y, je joue l'accompagnement.

Il sourit à Sheila et commença à siffloter. Il espérait que j'aurais oublié la combinaison, que je serais obligé d'avoir recours à lui et qu'il pourrait gentiment se moquer de son patron. Helm me regarda et je lui fis un signe. Il tourna son disque. Je tournai le mien et j'ouvris la porte toute grande.

Tout de suite, et pendant une seconde de folie, je crus qu'il n'y avait personne à l'intérieur. J'appuyai sur le bouton de l'électricité et ne vis rien. Mais j'aperçus presque immédiatement des marques brillantes sur les panneaux d'acier des compartiments qui contiennent les coffres-forts. Puis, je remarquai que les chariots avaient été bousculés. Les chariots ont une carcasse assez haute où l'on place les fiches et ils sont montés sur des roues de caoutchouc. Lorsqu'ils sont pleins, ils arrivent à être très lourds. Quand on les rentre dans le cabinet, on les range perpendiculairement à la porte. Or, à cet instant, ils faisaient face à la porte, l'un chevauchant presque l'autre, si bien qu'ils étaient à peine à soixante centimètres de moi. Je mis la main dans ma poche. J'ouvris la bouche pour appeler et, à cet instant précis, le premier chariot me frappa en plein.

Il me frappa au creux de l'estomac.

Brent avait dû s'arc-bouter derrière comme un coureur au départ, prenant appui sur les étagères du mur et surveillant la minute exacte où nous serions en face de lui. Renversé brusquement, j'essayai de sortir le revolver de ma poche. Le chariot était sur moi, lancé comme un boulet de canon. La roue me passa sur une jambe.

Je dus m'évanouir l'espace d'une seconde lorsque ma tête heurta le sol, car ce dont je me souviens ensuite, c'est d'avoir entendu des cris et d'avoir vu Adler et Snelling contre le mur, les mains au-dessus de la tête.

Mais ce que je vis surtout, c'est ce fou debout devant le cabinet des coffres, un automatique à la main, hurlant que cette fois ça y était, qu'ils n'avaient qu'à ne plus broncher, car le premier qui bougerait serait descendu. S'il avait espéré se sauver sans être reconnu, je dois avouer qu'il n'avait peut-être pas eu tort. Il était vêtu de façon différente. Il avait dû cacher ses vêtements dans sa serviette. Il portait un sweat-shirt qui le faisait deux fois plus large qu'il n'était, un pantalon de tweed et de grosses chaussures. Un mouchoir noir cachait le bas de son visage. Un chapeau mou était rabattu sur ses yeux. Et il avait pris une voix horrible.

Il hurlait, lui, mais les cris étaient poussés par Sheila. Elle semblait être derrière moi et elle le suppliait de ne pas faire ça. Je ne voyais pas Helm. Le chariot était au-dessus de moi et je n'étais pas très lucide à cause du coup que je m'étais donné à la tête en tombant. Brent était en face.

C'est alors qu'un éclat de plâtre vola à quelques centimètres de sa tête. Je n'avais rien entendu, mais Dyer avait tiré depuis la rue à travers la vitre. Brent se tourna vers la rue et je vis Adler saisir son revolver. Je pliai les jambes et repoussai le chariot, droit sur Brent. Le chariot le rata et s'écrasa contre le mur, à côté d'Adler. Brent fit demi-tour et tira. Adler tira. Je tirai. Brent tira à nouveau. Puis, il fit un saut et, soulevant le sac qu'il avait dans la main gauche, il le lança en plein dans le carreau opposé. Comprenez bien la situation : la banque forme un coin de rue, elle a donc des vitres sur deux faces, mais il y en a également sur la moitié du troisième côté, derrière la banque, là où on gare les voitures. C'est dans cette vitre-là qu'il jeta son sac. Le verre se brisa avec fracas et cela fit un trou grand comme une porte par où il se sauva.

Je me levai d'un bond et courus à sa poursuite à travers le trou. J'entendis Dyer et ses hommes qui se précipitaient par la rue. Ils tiraient en même temps. Ils n'étaient pas entrés dans la banque. Dès le premier cri de Sheila, ils avaient commencé à tirer à travers la vitre.

Il ramassait son sac lorsque je parvins dans la rue et il dirigea son arme vers moi. Je me couchai par terre et tirai. Il tira. Il y eut une volée de balles : Dyer, Halligan et Lewis tiraient ensemble. Il fit encore cinq bonds et sauta dans une voiture. C'était un cabriolet bleu, la portière était ouverte et elle avançait déjà quand il mit le pied dedans. Elle fila, traversa le garage des voitures et fonça dans Grove Street.

Je levai mon revolver pour viser les pneus. Deux enfants apparurent au tournant, leurs cartables sous le bras. Ils s'arrêtèrent et clignèrent des yeux. Je ne tirai pas. La voiture disparut.

Je m'en retournai et rentrai par la brèche faite dans la vitre. La banque était remplie de la fumée des coups qu'on avait tirés. Sheila, Helm et Snelling étaient accroupis autour d'Adler. Il était étendu près du cabinet des coffres et une goutte de sang perlait au-dessus de son oreille. Leurs visages me mirent au courant. Adler était mort.

IX

Je me précipitai vers le téléphone. Il était sur mon bureau, en face de la porte d'entrée. Mes jambes eurent du mal à me porter jusque-là. Dyer y fut avant moi.

— Une seconde, Dyer.

Il ne me répondit pas, ne me regarda même pas. Il prit l'appareil et fit un numéro. Pour lui, j'étais le crétin responsable de tout pour n'avoir pas voulu l'écouter et il tenait à me le faire comprendre. J'étais de cet avis aussi, mais je n'allais pas le lui laisser voir. Je l'attrapai par le revers de son veston et le rejetai en arrière.

— Vous avez entendu ce que j'ai dit ?

Son visage devint blême et il resta debout à côté de moi, les narines palpitantes et les yeux réduits à deux points étincelants. Je coupai sa communication et fis le numéro de la maison mère. Lorsqu'on répondit, je réclamai Lou Frazier. Il a, comme moi, le titre de sous-directeur, mais il est l'assistant du Patron et, en l'absence de ce dernier qui était toujours à Honolulu, il le remplaçait. Sa secrétaire m'annonça qu'il n'était pas là, mais elle me demanda d'attendre un instant, elle le voyait arriver. Elle me le passa :

— Lou ?

— Oui.

— Ici, Dave Bennett. Je suis à Glendale.

— Qu'y a-t-il, Dave ?

— Il se passe du vilain ici. Venez tout de suite. Et apportez de l'argent. Il va y avoir de la panique.

— Mais, qu'est-ce que c'est ?

— Cambriolage. Un gardien tué. Je ne pense pas que ce soit important pour la banque.

— Bien. Combien faut-il ?

— Vingt mille dollars pour commencer. Si on a besoin de plus, on enverra quelqu'un. Mais faites vite.

— J'arrive.

Tandis que je parlais, les sirènes éclatèrent de tous côtés et la banque se remplit d'agents. Déjà une ambulance s'avançait et près de cinq cents personnes, qui augmentaient de minute en minute, s'attroupaient autour de l'immeuble. Quand je raccrochai, une goutte de sang tomba sur le buvard, d'autres suivirent rapidement. Je mis la main sur ma tête. Mes cheveux étaient gluants et collés. Quand je retirai mes doigts, ils étaient pleins de sang. Je cherchai ce qui avait causé cela et je me souvins que le chariot m'avait renversé.

— Dyer ?

— Oui, monsieur.

— Mr Frazier va venir. Il apporte de l'argent pour répondre aux demandes qui ne vont pas manquer. Restez avec Halligan et Lewis pour assurer l'ordre et tenez-vous prêts à faire ce qu'il vous ordonnera. Que la police s'occupe d'Adler.

Je vis deux agents qui portaient le corps de notre

gardien. Ils s'en allaient par la porte d'entrée. Halligan tenait le battant ouvert. Déjà Lewis, aidé de cinq ou six policiers, maintenait la foule à l'extérieur. On mit Adler dans l'ambulance. Helm voulut monter, mais je l'appelai.

— Rentrez dans le cabinet des coffres et commencez la vérification.

— Nous y sommes déjà allés, Snelling et moi.

— Qu'a-t-il pris ?

— Tout. Quarante mille dollars en espèces. Ce n'était pas suffisant. Il a ouvert les coffres. Il n'y a que les petits auxquels il n'a pas touché. Dans les autres, il a pris tous les titres, toutes les valeurs. Il savait ce qui en valait la peine.

— Mr Frazier arrive avec de l'argent pour ceux qui réclameront leurs biens. Dès que ce sera en train, établissez une liste des coffres fracturés. Téléphonez ou câblez aux propriétaires pour qu'ils viennent tous ici.

— Je le fais immédiatement.

Les infirmiers s'approchèrent de moi. Je les renvoyai du geste et ils partirent avec Adler. Sheila vint près de moi.

— Mr Kaiser voudrait vous parler.

Bunny Kaiser était derrière elle. C'était lui qui nous avait emprunté 100 000 dollars l'après-midi où j'avais découvert l'affaire Brent. J'ouvrais la bouche pour lui dire que tout le monde serait remboursé, qu'il n'avait qu'à prendre son tour parmi les déposants dès que nous ouvririons, mais il me montra les fenêtres. Toutes les vitres étaient brisées.

— Mr Bennett, je voudrais vous proposer ceci : j'ai mes vitriers sur place. Ils posent des verres dans mon immeuble. Ils ont tout leur matériel sous la main. Voulez-vous que je vous les envoie tout de suite pour réparer cela. Vous savez… ça ne fait pas très bon effet…

— Vous êtes vraiment trop aimable, Mr Kaiser.

— J'y vais.

— Merci beaucoup.

Je lui tendis la main gauche, celle qui n'était pas tachée de sang, et il la prit. Je devais être bien las, car ce simple geste me toucha comme s'il eût été l'homme au monde auquel je tenais le plus. À un moment pareil, c'est fou ce que peut représenter un mot aimable.

Les vitriers étaient déjà au travail quand Lou Frazier arriva. Il portait un sac plein d'argent. Il était accompagné de quatre comptables supplémentaires et d'un gardien en uniforme. C'était sans doute tout ce qu'il avait pu mettre dans sa voiture. Il s'avança et, vite, je lui dis ce qu'il fallait qu'il sache immédiatement. Il retourna sur le trottoir, et, élevant son sac en l'air, il fit un petit discours.

— Toutes les demandes seront satisfaites. Dans cinq minutes, nous ouvrirons les guichets. Que tous les clients se mettent sur un seul rang, les comptables vérifieront leur identité et, seuls, les déposants seront admis à l'intérieur.

Il prit Snelling avec lui et ce dernier commença à regarder les papiers. Les policiers organisèrent la file. Frazier rentra. Ses comptables remirent les chariots en place. Chacun s'installa à un bureau et prépara ce dont il avait besoin pour le travail à venir. Dyer rentra lui aussi. Lou me montrant du doigt lui dit :

— Sortez-le d'ici.

Pour la première fois, je me rendis compte que je devais être horrible à voir, assis ainsi en face de l'entrée avec tout ce sang collé sur la tête. Dyer s'approcha et appela une autre ambulance. Sheila commença à m'essuyer le front avec son mouchoir. Il fut rouge de sang en un instant. Elle prit ma pochette et fit de son mieux pour me nettoyer. À la façon dont Lou Frazier détournait les yeux chaque fois qu'il regardait vers moi, je compris que cela devait être encore pire.

Lou Frazier ouvrit la porte et quarante ou cinquante déposants entrèrent.

— Les porteurs de livret d'épargne de ce côté, s'il vous plaît.

Il les dirigea vers quatre guichets. Il y eut un instant d'attente, puis les premiers commencèrent à toucher leur argent. Quatre ou cinq d'entre eux sortirent en comptant leurs billets. Deux ou trois autres, parmi ceux qui attendaient, comprenant que nous payions, s'en allèrent. Puis, un type qui empochait ses billets se mit à les recompter et reprit soudain sa place dans la queue pour les déposer à nouveau.

La panique était évitée.

Ma tête se mit à tourner et mon estomac me donna des inquiétudes. Puis j'entendis la sirène de l'ambulance et je revins à moi alors qu'un docteur en blouse blanche se penchait sur moi, aidé de deux infirmiers :

— Vous pouvez peut-être marcher ?

— Oh ! bien sûr.

— Vous feriez bien de vous appuyer sur moi.

Je m'appuyai. Je devais offrir un affreux spectacle, car Sheila se détourna et se mit à pleurer. C'était la première fois qu'elle s'abandonnait depuis que tout cela était arrivé et on sentait qu'elle ne pouvait plus se retenir. Ses épaules étaient secouées de sanglots. Le docteur fit signe à un infirmier.

— On ferait bien aussi de l'emmener.

— Je le crois.

Ils nous emportèrent, Sheila sur un brancard, moi sur l'autre. Le docteur entre nous. Tandis que nous roulions, il s'occupa de ma blessure. Il continua de l'éponger et je sentais l'odeur de l'antiseptique. Mais ce n'est pas à cela que je pensais. Une fois sortie de la banque, Sheila avait eu une vraie crise de nerfs et c'était pénible d'entendre ses gémissements. Le docteur lui parla un peu, mais continua à s'occuper de moi. Quelle belle balade.

X

Et nous étions à nouveau devant ce même hôpital
où j'avais déjà été si souvent. On emporta Sheila,
puis on m'emporta à mon tour. On me roula jusqu'à
un ascenseur. Ensuite, il monta. On sortit mon brancard de l'ascenseur et on me roula encore jusqu'à
une chambre. Deux nouveaux docteurs se penchè-
rent sur moi. L'un d'eux était un vieil homme et il
n'avait pas l'air d'appartenir à l'hôpital.

— Alors, Mr Bennett, ça ne va pas bien, cette
tête ?

— Bah ! une fois recousu, ce ne sera rien.

— Je vais vous faire endormir.

— Ah ! Mais non, ce n'est pas la peine. J'ai des
tas de choses à faire.

— Vous voulez conserver cette cicatrice toute
votre vie ?

— Quelle cicatrice ? C'est une égratignure.

— Ce n'est pas mon avis.

— Alors, allez-y, mais vite.

Il partit et un infirmier commença à me désha-
biller. Je l'arrêtai et lui demandai de téléphoner chez
moi. Quand il eut Sam au bout du fil, je pris l'appareil. Je lui dis de laisser tout et de venir me retrouver
avec un complet propre, une chemise, une cravate et
tout ce dont j'avais besoin. Ensuite, je me déshabillai et mis le pyjama d'hôpital. Une nurse entra et
on me conduisit à la salle d'opération. Un docteur

me mit un masque sur le visage et me conseilla de respirer naturellement. C'est tout ce dont je me souviens.

Je me réveillai dans la chambre. L'infirmière était à côté de moi et ma tête était tout enroulée de pansements. On n'avait pas utilisé d'éther, si bien qu'en cinq minutes je revins à moi tout en restant assez vaseux. Je réclamai un journal. Elle en avait un sur les genoux et elle me le tendit. C'était une des premières éditions. En première page, tout y était avec photos de Brent et d'Adler. La mienne aussi, une vieille photo du temps où je jouais au football. On y reconnaissait n'avoir trouvé aucune trace de Brent. Les estimations laissaient entendre qu'il avait volé près de 90 000 dollars. Cela comprenait 44 000 dollars pris à la caisse de la banque et environ 46 000 dollars provenant des coffres particuliers. Le récit faisait de moi un héros. On racontait que je connaissais la présence de Brent dans le cabinet et que, après avoir convoqué des gardiens, j'avais tenu à entrer le premier. C'est ainsi que j'avais été gravement blessé à la tête. Adler avait été tué au cours du premier échange de balles lorsque j'avais ouvert le feu. Il laissait une femme et un enfant. On annonçait l'enterrement pour le lendemain.

On donnait aussi la description du cabriolet de Brent, ainsi que le numéro. Dyer avait eu le temps de le noter, tandis qu'il s'éloignait. Le numéro correspondait avec les papiers délivrés à Brent. On parlait beaucoup de la vitesse avec laquelle la voiture avait démarré et cela prouvait la présence de complices. On terminait en indiquant que Sheila avait été transportée à l'hôpital à la suite d'une crise nerveuse. Pas un mot sur le détournement de fonds. L'infirmière se leva et vint me donner un peu de glace.

— Comment va notre héros ?
— Parfaitement.
— Ça n'a pas dû être drôle ?
— Non, pas très.

Sam arriva bientôt avec mes vêtements. Je lui demandai de rester avec moi. Deux détectives se présentèrent et me posèrent des tas de questions. Je leur en dis le moins possible, mais quand même il me fallut parler de Helm, de Sheila et de la lumière rouge. Je dus avouer que je n'avais pas voulu suivre les conseils de Dyer et expliquer ce qui s'était passé à la banque. Ils cherchèrent la petit bête, mais je parvins à tenir. À la fin ils partirent.

Sam alla me chercher une des dernières éditions. On parlait encore davantage de l'affaire de la banque. La photo de Brent tenait trois colonnes, mais la mienne et celle d'Adler étaient toutes petites. Sheila était en encadré. On donnait des détails : la police l'avait interrogée à l'hôpital, mais elle n'avait fourni aucun renseignement sur la raison pour laquelle Brent avait commis ce cambriolage, ni sur l'endroit où il pouvait se trouver. On concluait cependant : «Mrs Brent sera naturellement interrogée à nouveau. »

Alors, je sautai hors de mon lit. La nurse fit un bond et tenta de m'arrêter. Je sentais qu'il fallait à tout prix que j'échappe aux questions de la police tout au moins tant que je ne saurais pas exactement comment tourneraient les choses.

— Que faites-vous, Mr Bennett ?

— Je rentre chez moi.

— C'est impossible, vous devez rester ici jusqu'à ce que…

— Je vous dis que je rentre chez moi. Maintenant, si vous tenez absolument à me voir m'habiller devant vous, restez là, moi je m'en moque, mais il me semble qu'une gentille fille comme vous ferait mieux d'aller un instant dans le hall.

Tandis que je m'habillais, ils tentèrent de me convaincre de rester, mais Sam empila mes vêtements froissés dans la valise et nous filâmes.

Au bureau du rez-de-chaussée, je signai un chèque pour régler ma note et demandai des nouvelles de Mrs Brent.

— Oh ! elle va très bien, mais c'est un terrible choc pour elle.

— Elle est encore ici ?

— Bien sûr. C'est que… vous savez, on la questionne beaucoup.

— Qui cela ?

— La police… Moi, je crois qu'on va la garder.

— Comment ? Vous pensez qu'ils vont l'arrêter ?

— Selon les apparences, elle sait quelque chose.
— Ah ! vous croyez ?
— Ne dites pas que je vous l'ai dit.
— Soyez tranquille.

Sam avait trouvé un taxi. Nous montâmes dedans. Je me fis conduire à Glendale et arrêter près de ma voiture qui était restée avenue Anita. Je demandai à Sam de prendre le volant et d'aller n'importe où. Il se dirigea vers Foothill, dépassa San Fernando. Ensuite je ne fis plus attention.

En passant devant la banque, je remarquai que toutes les vitres avaient été remplacées. Je ne pus voir qui était à l'intérieur. Tard dans la soirée, nous revînmes en traversant Los Angeles et j'achetai un journal. Ma photo, cette fois, avait disparu, ainsi que celle d'Adler. Celle de Brent était de toutes petites dimensions. Par contre, Sheila encombrait quatre colonnes et, en encadré, on donnait la photo de son père, Dr Henry Rollinson, de U.C.L.A. Le titre tenait les huit colonnes. «Un vol bien préparé». Je ne pris pas la peine d'en lire davantage. Si Rollinson avait tout raconté, nous étions frits.

Sam me ramena chez moi et me prépara à manger. J'entrai dans mon living-room et m'étendis. Je n'avais plus qu'à attendre les policiers et je cherchai ce que je pourrais leur raconter.

Vers huit heures, la sonnette tinta. Je répondis moi-même. Ce n'était pas la police, c'était Lou Frazier. Il entra et j'appelai Sam pour lui servir un verre. Il semblait en avoir besoin. Je me recouchai sur le divan. Ma tête ne me faisait pas mal, je me sentais très bien, mais je fis semblant de souffrir un peu, à tout hasard. Ce serait une bonne excuse pour ne pas parler plus que je ne voulais. Quand il eut bu un peu il commença :

— Avez-vous lu les journaux ce soir ?

— Les titres seulement.

— Brent avait détourné de l'argent.

— J'ai cru le comprendre.

— Elle était au courant.

— Qui ?

— Sa femme. Cette créature affolante qui se nomme Sheila. Elle a même rectifié les fiches pour lui. Nous venons de terminer il y a à peine une demi-heure. J'en arrive tout droit. C'est formidable ce que cette femme a pu faire. Il était beau leur service des épargnes que vous deviez étudier... une vraie fumisterie ! Ils vous ont bien roulé, mais maintenant vous avez la matière pour un article étonnant dans l'*American Banker*.

— Mais elle n'était pas dans le coup, c'est impossible !

— Moi, j'ai la conviction du contraire.

— Alors pourquoi l'a-t-elle laissé aller chez son père, pour réclamer l'argent ? Cela me paraît un peu fort.

— Écoutez, il m'a fallu presque tout l'après-midi pour tirer cela au clair. J'ai même questionné sérieusement le père. Il est furieux contre Brent. Voyons leur point de vue à eux : Brent et sa femme. Il leur manque de l'argent en caisse. Ils décident de simuler un cambriolage pour couvrir leur déficit afin que personne ne sache jamais qu'il y a eu détournement de fonds. Première chose à faire : remettre les écritures en ordre et j'aime autant vous dire qu'elle a fait cela de main de maître. Pas une trace. Si son père n'avait pas parlé, nous n'aurions jamais pu trouver quelle somme il avait prise. Donc, elle remet les fiches au point et elle le fait avant que vous contrôliez sa caisse. C'est certainement ce qui a dû être le plus difficile : jouer contre le temps. Mais elle était à la hauteur, il faut le reconnaître. Puis, elle apporte une araignée et il se glisse dans le cabinet des coffres où il se cache. Seulement, ils n'étaient pas sûrs de ce qui se passerait le lendemain matin. Il pouvait n'être pas reconnu, grâce au mouchoir sur le visage. Alors elle téléphonait à son père pour lui demander le silence en expliquant combien Charles était bouleversé. Si les policiers venaient chez eux, ils trouvaient Brent au lit, encore convalescent, etc., etc., mais de l'argent nulle part. Tout aurait été simplifié.

Cependant, ils se sont dit aussi que cela ne réussirait peut-être pas, qu'on le reconnaîtrait et alors cet argent devenait bien gênant. Ils pouvaient dénicher cinq docteurs pour affirmer qu'il n'avait pas toute sa raison et ils s'en tiraient. Avec un peu de chance, il obtenait un sursis. Elle, elle faisait la leçon à son père et ils se trouvaient au même point. Or ce bel échafaudage a été démoli par un garçon qui s'appelle Helm. Rien n'a été comme ils l'espéraient. Brent est parvenu à se sauver mais tout le monde a su que c'était lui, et Adler est mort. Donc Brent est recherché pour meurtre — et pour vol. Elle, on la garde pour les mêmes motifs.

— Elle est arrêtée ?

— Bien entendu. Elle n'en sait rien, car elle est encore sur son lit d'hôpital. On lui a fait une petite piqûre pour calmer ses nerfs après le gros choc, mais il y a un agent derrière sa porte et demain son beau sex-appeal sera un peu défrisé sans doute.

Je restai étendu, les yeux fermés, me demandant ce que je devais faire et voilà que ma tête me fit vraiment mal et qu'il me fut impossible de penser. Au bout d'un moment, je m'entendis parler :

— Lou ?

— Quoi ?

— J'étais au courant de ces faux en écritures.

—... Vous vous en doutiez ?

— Non, je les connaissais.

— Vous les aviez soupçonnés ?

Il hurlait. Je levai les paupières et le vis debout près de moi. Ses yeux sortaient presque de leurs orbites. Son visage était tordu et blême. Lou est plutôt beau garçon et il joue tant au golf qu'il est toujours tanné par le soleil, mais, à cet instant, il avait l'air d'un pâle insensé.

— Vous étiez au courant et vous n'avez pas

parlé! Notre assurance fout le camp! Avez-vous pensé à cela, Bennett? Notre assurance est foutue.

C'était la première fois que je songeais à cette assurance. En une seconde, je me souvins et par la pensée je relus cette phrase tapée à la machine au bas du contrat. Nos contrats ne sont pas individuels. Ils valent pour chaque succursale entière. « L'assuré signalera à la Compagnie tout faux, tout détournement, toute contrefaçon ou vol commis par un de ses employés dans les vingt-quatre heures où le faux, le détournement, la contrefaçon ou le vol aura été découvert. Au cas où ce rapport ne serait pas fait immédiatement, cette assurance sera résiliée et la responsabilité de la Compagnie dégagée en ce qui concerne ce faux, ce détournement, cette contrefaçon ou ce vol. » Je sentis mes lèvres se refroidir et mes mains se tremper de sueur. Pourtant je poursuivis :

— Vous accusez cette femme qui, j'en ai la preuve, n'a rien fait. Je dois donc, assurance ou pas, déclarer que…

— Et moi je vous déclare que vous ne déclarez rien !

Il sauta sur son chapeau et fila vers la porte. Il me cria encore :

— Retenez encore ceci : si vous n'êtes pas complètement fou, vous ne direz rien à personne. Il y va de notre assurance. La Compagnie sera trop contente de tout résilier et nous serons bons pour 90 000 dollars… Vous entendez, bon Dieu, 90 000 dollars !

Il s'en alla et je regardai ma montre. Il était neuf heures. J'appelai un fleuriste et commandai des fleurs pour l'enterrement d'Adler. Puis, je montai dans ma chambre et m'étendis sur mon lit. Je tentai d'imaginer ce à quoi j'allais avoir à faire face le lendemain matin.

XI

Ne me posez pas de questions sur les trois jours qui suivirent. Ils furent les plus affreux que j'aie jamais vécus. D'abord, je me rendis au Palais de Justice et je parlai à Mr Gaudenzi, l'assistant du District Attorney qui s'occupait de l'affaire. Il m'écouta, prit des notes et la machine se déclencha.

Je fus obligé de me présenter devant le Grand Jury pour déposer. Je dus refuser l'exemption et Dieu sait si c'est odieux d'être cuisiné par ces gens-là. Pas un juge pour vous aider, pas un avocat pour réfuter des questions qui vous donnent l'air d'un idiot. On est tout seul devant le District Attorney, le sténographe et le jury. On me retint deux heures. J'usai de tous les trucs pour éviter de leur dire pourquoi j'avais donné l'argent à Sheila ; mais, au bout d'un moment, ils me coincèrent. Je dus admettre que j'avais demandé à Sheila de divorcer pour m'épouser. C'est tout ce qu'ils voulaient savoir. J'étais à peine rentré chez moi que je reçus un long télégramme de Lou Frazier me signalant que la compagnie d'assurances avait déjà envoyé une note déclinant toute responsabilité quant à l'argent qui avait été volé. Il m'indiquait en même temps que j'étais relevé de mes fonctions jusqu'à nouvel ordre. Il m'aurait bien fichu à la porte, mais il était obligé d'attendre le retour du Patron qui était toujours à Honolulu et qui, lui-même, serait obligé d'en référer à son comité d'administration étant donné le poste que j'occupais.

Mais les journaux furent encore plus odieux. Jusque-là, ça n'avait été qu'un bon fait divers avec photos et bobards à l'appui. On signalait Brent à Mexico, Phœnix, puis encore à Del Monte où un garagiste racontait son passage la nuit du cambriolage. Mais quand j'entrai en scène, ce fut un déchaînement. On ajouta la pointe sentimentale et leur histoire d'amour me crucifia. Ils appelèrent ça « le trio du vol » ! Ils se rendirent chez le vieux docteur Rollinson où se trouvaient les enfants de Sheila. Ils prirent des photos du vieux professeur et des fillettes. Ils en raflèrent de Sheila et ils en dénichèrent de moi. Dieu sait où. Je rougis en reconnaissant une photo, en costume de bain, prise alors que j'étais encore au collège et où je jouais les Adonis.

Et où cela me mena-t-il ? À ce que, la veille du jour où j'eus à comparaître devant le Grand Jury, Sheila fut inculpée pour altération d'écritures, pour détournement de fonds et pour complicité de vol avec meurtre. La seule chose dont on ne l'accusa pas, ce fut de meurtre et je ne compris pas pourquoi. J'avais donc tout risqué pour rien. Je m'étais dénoncé, j'avais apporté la preuve de l'hypothèque prise sur ma maison, afin que Sheila fût mise hors de tout cela, et voilà qu'elle était, quand même, inculpée. Je n'eus plus le courage de mettre le nez dehors, sauf lorsque j'entendais un marchand de journaux et que je ne résistais pas à en acheter un. Je restai chez moi, accroché à ma radio, suspendu aux émissions policières, espérant toujours apprendre qu'on était enfin sur les traces de Brent. J'écoutai aussi les nouvelles. J'appris ainsi que la caution de Sheila avait été portée à 7 500 dollars et que son père l'avait payée. Elle se trouvait donc en liberté. À quoi cela aurait-il servi que je paye, moi, sa caution? Ne lui avais-je pas déjà donné tout ce que je possédais?

Ce jour-là, je montai dans ma voiture et j'allai faire un tour pour ne pas devenir fou. En revenant, je passai devant la banque. Snelling était à mon bureau. Church avait pris la place de Sheila. Helm était au guichet de Snelling, et j'aperçus deux autres comptables que je ne connaissais pas.

Lorsque j'ouvris la radio en rentrant, j'eus l'impression que l'intérêt envers cette affaire faiblissait un peu. On disait qu'on n'avait pas encore retrouvé Brent, mais on ne parlait plus de moi, ni de Sheila. Cela me détendit. Puis, brusquement, un nouveau souci me hanta. Où donc était Brent ? Puisque Sheila était libre, elle le voyait peut-être ? J'avais tout fait pour qu'on crût à son innocence, mais cela ne voulait pas dire que j'y croyais, moi, ou que j'étais revenu à d'autres sentiments à son égard. L'idée qu'elle pouvait le rencontrer, qu'elle m'avait fait marcher comme un idiot dès le début m'exaspéra. Je me mis à arpenter la pièce en me disant que je devais oublier tout, l'oublier elle surtout, et me calmer. Ce fut impossible. Vers huit heures et demie, je fis une chose dont je ne suis pas très fier. J'allai avec la voiture au coin de la rue, non loin de chez Sheila, histoire de voir ce qui s'y passait.

Une lumière brillait dans la maison. Je restai là un très long moment. Le spectacle en valait la peine : reporters pendus à la sonnette et qu'on jetait dehors, voitures ralentissant au passage pour avoir le temps de jeter un coup d'œil sur la maison, regards plongeant à chaque instant de toutes les fenêtres du voisinage. Enfin, la lumière s'éteignit. La porte s'ouvrit et Sheila sortit. Elle avança dans la rue et je sentis que si elle me reconnaissait, je mourrais de honte. Je me glissai sous mon volant et me penchai de côté, de façon à n'être pas vu du trottoir. J'entendis ses pas qui approchaient, vite, comme si elle était pressée. Elle passa le long de la voiture sans s'arrêter, mais je l'entendis murmurer distinctement :

— Attention, on nous surveille.

Je compris brusquement pourquoi elle n'avait pas été inculpée de meurtre. Si on l'avait fait, on n'aurait pas pu la libérer sous caution. On l'avait donc inculpée, mais on lui avait laissé la faculté de se libérer. Puis, on avait fait ce que je faisais moi-même : on la surveillait pour trouver la piste de Brent.

Le lendemain, je décidai qu'il me fallait absolument la voir. Mais ça, c'était calé. Si on la surveillait de près, son téléphone devait être écouté, tout télégramme devait être lu avant de lui parvenir. Je réfléchis un moment, puis, je descendis à la cuisine. Je dis à Sam :

— Avez-vous un panier ?

— Oui, monsieur, un grand panier de marché.

— Bien, prenez-le. Jetez quelques provisions dedans. Mettez votre veston blanc et allez à l'adresse que voici dans Mountain Drive. Sonnez à la porte de service et demandez Mrs Brent. Débrouillez-vous pour que personne ne vous entende. Dites-lui que je veux la voir et demandez-lui d'être, à sept heures, là où, autrefois, je la retrouvais quand elle sortait de l'hôpital. Je l'attendrai avec la voiture.

— Bien, monsieur. À sept heures.

— Vous avez compris ?

— Parfaitement, monsieur.

— Il y a des policiers autour de la maison. S'ils vous arrêtent, ne parlez pas et, si c'est possible, évitez qu'ils sachent qui vous êtes.

— Comptez sur moi, monsieur.

Cela me prit une heure, ce soir-là, de tenter d'échapper à qui pouvait me suivre. Je me dirigeai vers Saugus et, entrant dans San Fernando, j'allai jusqu'au quatre-vingt-dix pour m'assurer que personne n'était derrière moi. À San Fernando, je coupai sur Van Nuys et m'en allai jusqu'à l'hôpital. Il était sept heures une minute lorsque je stoppai, mais j'étais à peine arrêté que la portière s'ouvrait et que Sheila était auprès de moi. Je filai immédiatement.

— On vous suit ?

— Je ne pense pas. J'ai dû les semer.

— Moi, je n'ai pas pu. Mon taxi devait avoir des ordres avant de venir chez moi. Ils sont à deux cents mètres.

— Je ne vois rien.

— Ils sont là pourtant.

Je continuai à rouler, essayant de trouver ce que je voulais dire. Mais ce fut elle qui parla.

— Dave ?

— Oui ?

— Nous ne nous verrons peut-être jamais après ce soir. Il faut donc que je commence. J'ai tellement pensé à vous, à vous et à tant de choses.

— Soit, commencez.

— Je vous ai fait beaucoup de mal.

— Je n'ai pas dit ça.

— Je le sais. J'ai tellement senti ce que vous pensiez pendant ce trajet dans l'ambulance. Je vous ai fait du tort, et à moi aussi. J'ai oublié une chose qu'une femme ne doit jamais oublier. En réalité, je ne l'ai pas oublié, je n'ai pas voulu m'en souvenir.

— Vraiment ? Et qu'est-ce que c'est ?

— Si une femme va vers un homme, elle doit avoir les mains libres. Dans d'autres pays, elle doit apporter davantage. On lui demande une dot. Ici, on nous épargne cela, mais on exige les mains libres et nettes. Moi, je ne les avais pas. En venant vers vous, j'étais liée, terriblement liée. Vous avez dû m'acheter.

— C'est moi qui l'ai proposé.

— Dave, c'était impossible. Je vous ai demandé de payer un prix qu'aucun homme ne peut payer. Je vous coûte une fortune. Je vous coûte votre situation, l'honneur de votre nom. À cause de moi, les journaux vous ont traîné dans la boue. Je sais que vous avez été parfait. Vous avez tout fait pour moi jusqu'à cette affreuse matinée, et encore depuis... mais je ne vaux pas cela. Aucune femme ne vaut ça et aucune femme n'a le droit de penser qu'elle vaut ça. Donc, il est inutile d'aller plus loin. Je vous demande de vous considérer comme entièrement libre. Dans la mesure où je le pourrai, je vous rembourserai ce que je vous ai coûté. Je ne peux rien pour votre carrière, pour votre situation, bien sûr. Quant à l'argent, avec l'aide de Dieu, je ferai de mon mieux. Je crois que c'est tout ce que j'avais à vous dire... ça et puis adieu.

Je réfléchis pendant dix à douze mille. Ce n'était pas le moment de faire le malin. Elle avait exprimé ce qu'elle pensait. C'était à mon tour maintenant. Je ne me faisais pas d'illusion. Étaient-ce des soirées amoureuses, celles que nous avions passées ensemble alors que nous commencions à rembourser l'argent ? Je les haïssais encore, ces soirées. Nous y avions été, tous les deux, nerveux, agités, inquiets, et elle s'en était toujours allée bien moins jolie que lorsqu'elle arrivait. Mais ce n'était pas à cela que je pensais. Si j'avais été sûr qu'elle ne me jouait pas la comédie, je sentais bien que j'aurais été prêt à tout, prêt à rester auprès d'elle, prêt à la soutenir tant et plus. Je décidai de lui dire la vérité brutalement.

— Sheila ?

— Oui, Dave.

— Ce n'est pas à cela que je pensais dans l'ambulance.

— N'en parlons plus.

— Écoutez-moi. Bien sûr, cette matinée fut affreuse et nous avons eu d'autres matins horribles depuis. Mais, ce n'est pas ce qui importe le plus.

— … Qu'est-ce qui importe donc ?

— Voilà. Depuis le début, je n'ai jamais été sûr, et je ne suis pas encore sûr que vous n'avez pas joué la comédie.

— Comment ? Moi, vous avoir joué la comédie et avec qui ?

— Avec Brent.

— Avec Charles ? Vous êtes fou.

— Non, je ne suis pas fou. Réfléchissez. J'ai eu

la conviction dès le commencement, et j'ai la preuve maintenant que vous en savez plus long que vous n'en avez dit, soit à moi, soit aux policiers. Répondez-moi franchement. Étiez-vous d'accord avec Brent, oui ou non ?

— Comment pouvez-vous me poser une question pareille, Dave ?

— Savez-vous où il est ?

— ... Oui.

— C'est tout ce que je voulais savoir.

Je murmurai cela machinalement, car, pour dire vrai, je venais de décider qu'elle avait toujours joué franc jeu avec moi et quand elle prononça ce « oui », j'eus l'impression de recevoir un coup de poing entre les deux yeux.

J'eus du mal à respirer pendant un instant, et je sentis qu'elle me regardait. Puis, elle se mit à parler d'une voix dure, fatiguée, comme si elle se forçait. Elle mesurait ses paroles :

— Je sais où il est et j'en ai toujours su beaucoup plus long sur lui que je n'en ai dit. C'est exact. Avant cette affreuse matinée, je ne vous en ai pas parlé, parce que c'était laver mon linge sale devant vous. Depuis ce matin, si je n'en ai rien dit, c'est que je voulais tellement qu'il se sauve, qu'il disparaisse.

— Quoi ?

— Je vous ai demandé de m'aider lorsque j'ai découvert les faux pour la raison que je vous ai avouée : pour que mes enfants n'aient pas leur père en prison. Si je cache l'endroit où est Charles en ce moment, si je vous le cache même à vous, c'est pour que mes filles n'aient pas un père pendu pour meurtre. Je ne le veux pas, vous entendez. Je m'en fiche que votre carrière soit brisée... Autant vous ouvrir le fond de mon cœur ! Dave, je ferai n'importe quoi, vous entendez, n'importe quoi, pour éviter à mes enfants un déshonneur pareil.

Enfin, tout était clair. Brusquement, je me ressaisis. Voilà que tout allait recommencer. Voilà que j'allais encore une fois l'aider. Ce n'était pas possible. Si nous devions jamais être ensemble, il faudrait que ce fût sans arrière-pensée d'aucune sorte. Je me raidis.

— En ce qui me concerne, je ne marche plus.

— Je ne vous demande rien.

— Oh ! ce n'est pas à cause de ce que vous venez de reconnaître. Je ne vous demande pas non plus de me faire passer avant vos enfants, ni moi, ni personne.

— Ce serait impossible, même si vous le vouliez.

— C'est parce que les dés sont jetés. Un jour, vous apprendrez que vos enfants ne valent pas mieux que les autres.

— Pour moi, elles valent tout au monde.

— Elles apprendront, plus tard, à jouer les cartes que Dieu leur a prêtées et vous l'apprendrez, vous aussi, j'en suis convaincu. Or, en ce moment, vous ruinez plusieurs existences, sans parler de la vôtre. Vous feriez n'importe quoi pour les sauver ! Soit, agissez comme bon vous semble. Moi, je ne suis plus dans le coup.

— Je le crois.

— C'est ce que j'essayais de vous faire comprendre.

Elle pleurait. Elle prit ma main et la serra nerveusement. Je l'aimais plus que jamais. J'aurais voulu m'arrêter, la prendre dans mes bras et tout recommencer, mais je n'en fis rien. Je savais que cela ne nous mènerait nulle part et je continuais à rouler. Nous étions à la place du côté du boulevard Pico. Je traversai Santa Monica vers Wilshire, puis tournai pour la ramener chez elle. C'était fini. Elle aussi le comprenait bien. Nous ne nous verrions plus jamais.

Je ne sais plus jusqu'où nous étions allés, mais nous nous trouvions en route vers Westwood. Elle s'était calmée et elle était appuyée à la vitre, les yeux fermés quand soudain elle se redressa et tournant le bouton, elle amplifia la radio. Jusque-là celle-ci avait marché, mais très bas, si bien qu'on pouvait à peine l'entendre. Une voix de policier finit de transmettre un ordre, puis répéta :

« Voiture numéro 42, voiture numéro 42… Allez à toute vitesse au 6825 avenue Sandborn, à Westwood… Deux enfants ont été enlevés dans la maison du docteur Rollison… »

J'écrasai l'accélérateur, mais Sheila se cramponna à moi.

— Arrêtez-vous !

— Je vous conduis.

— Arrêtez-vous ! Je vous dis de vous arrêter. Je vous en supplie !

Je ne comprenais rien, mais je freinais et nous stoppâmes avec un grincement de pneus. Elle sauta dehors et je la suivis.

— Voulez-vous me dire pourquoi vous voulez qu'on s'arrête ici ? Ce sont vos enfants, vous n'avez donc pas compris ?

Elle, debout sur le trottoir, faisait de grands gestes dans la direction d'où nous venions. Deux phares jaillirent bientôt. Je n'avais vu aucune voiture, mais je compris qu'on n'avait pas cessé de nous suivre. Elle continua ses signaux et courut au-devant de l'auto. Elle n'attendit même pas qu'elle s'arrêtât, elle cria :

— Avez-vous entendu l'ordre ?

— Quel ordre ?

— L'ordre d'aller à Westwood chercher des enfants.

— Bien sûr, mais, mon petit, c'est pour la voiture 42.

— Écoutez-moi, au lieu de faire les malins. Ce sont mes enfants à moi ! Mon mari a dû les enlever. Cela veut dire qu'il va s'enfuir et que vous ne le retrouverez plus…

Elle n'eut pas à s'expliquer davantage. Les policiers avaient sursauté. Elle leur certifia que Brent s'arrêterait là où il s'était caché avant de disparaître tout à fait. Ils n'avaient donc qu'à nous suivre. Nous leur montrerions le chemin s'ils voulaient bien la croire et faire vite. Les policiers furent d'un avis différent. Ils savaient que maintenant c'était une question de temps. Ils se partagèrent les véhicules. L'un partit avec la voiture de police après que Sheila lui eut donné l'adresse. L'autre prit le volant de mon auto et, nous, nous sautâmes derrière lui. Mes amis, si vous croyez savoir conduire, essayez un jour de rivaliser avec les flics. Nous fonçâmes à toutes pompes dans Westwood. Il ne fallut pas cinq minutes pour être à Hollywood. Nous ne nous arrêtâmes à aucun signal et je crois que nous restâmes constamment à cent vingt.

Sheila ne cessa de me serrer la main de toutes ses forces et de prier : « Mon Dieu, pourvu qu'on arrive à temps ! Pourvu qu'on arrive à temps ! »

XII

Nous stoppâmes en face d'un immeuble tout blanc, à Glendale. Sheila se précipita. Je la suivis. Les policiers aussi. Elle nous ordonna de faire doucement. Puis, elle marcha sur l'herbe, fit le tour de la maison et regarda en l'air. Une fenêtre était éclairée. Elle partit vers le garage. Il était ouvert. Elle passa la tête à l'intérieur. Elle revint ensuite devant la maison et entra en nous recommandant de ne pas faire de bruit. Nous la suivîmes et elle monta jusqu'au deuxième étage. Sur la pointe des pieds, elle grimpa au troisième, s'arrêta une seconde et écouta. Elle revint, toujours sur la pointe des pieds, vers nous. Les policiers avaient sorti leur revolver. Alors elle repartit vers la même porte du troisième en frappant bien le parquet de ses talons. La porte s'ouvrit tout de suite. Une femme était debout dans l'encadrement. Elle avait une cigarette à la main, son chapeau sur la tête, un manteau sur les épaules comme si elle était prête à partir. Je n'eus pas à la regarder deux fois pour comprendre. C'était Church.

— Où sont mes enfants ?

— Mais, Sheila, comment le saurais-je ?

Sheila lui sauta dessus et la repoussa dans son entrée.

— Où sont mes enfants ? Dites-le-moi.

— Ils vont très bien. Charles voulait les embrasser avant de…

Elle s'arrêta parce qu'un policier, derrière elle et revolver à la main, ouvrit une autre porte. L'autre policier resta dans l'entrée entre Sheila et Church ; au bout d'une minute, le premier revint et nous fit entrer dans une pièce. Sheila et Church passèrent d'abord, puis moi.

L'autre policier se rapprocha, mais resta là où il pouvait surveiller l'entrée. C'était un appartement meublé comprenant une seule pièce. La salle à manger et la salle de bains étant dans les alcôves. Toutes les portes étaient ouvertes, même celle des W.-C. que le policier avait poussée, pistolet au point, prêt à tirer. Au beau milieu, deux valises soigneusement sanglées. Le premier policier s'adressa à Church.

— Allez, vas-y, lâche ton paquet.

— Je ne sais pas ce que vous voulez dire.

— Où sont les gosses ?

— Comment le saurais-je ?

— J'ai peur de t'abîmer un peu le nez...

— ... Il doit les amener ici.

— Quand ?

— Maintenant. Il devrait même être ici.

— Pourquoi faire ?

— Pour les emmener avec nous. Nous partions.

— Il a une voiture ?

— Oui, la sienne.

— Bon, ouvrez les valises.

— Je n'ai pas la clef.

— Je te dis de les ouvrir...

Elle s'accroupit et commença à défaire les courroies. Le policier lui fit sentir, sur le cou, le canon de son revolver.

— Allez, grouille-toi, t'entends.

Quand elle eut défait les courroies, elle prit les clefs dans son sac et les ouvrit. Le policier d'un coup de pied les chavira. Puis, il eut un sifflement. De la plus grosse valise c'était de l'argent qui tombait en paquets liés par un élastique et en liasses attachées avec une bande blanche. C'était l'argent neuf que nous avions rangé dans le cabinet des coffres, de l'argent que personne n'avait encore touché. Church commença à insulter Sheila :

— Et voilà, vous êtes contente, tout est là. Vous avez ce que vous vouliez ! Vous croyiez que je n'avais rien vu, que je ne savais pas que vous falsifiiez les fiches pour le faire arrêter dès son retour. Mais il vous a eue et il a eu votre père aussi... ce vieux polichinelle. Seulement vous ne l'attraperez pas, lui et vos gosses...

Elle bondit vers la porte mais le policier d'une bourrade la rejeta en arrière. Puis, il parla à son camarade qui, stupéfait, comptait les billets :

— Jake ?

— Oui.

— Il va revenir chercher ce fric. Tu devrais appeler la maison. Ce n'est pas la peine de risquer de le louper. Il faut qu'on nous envoie du renfort.

— T'as raison. J'ai jamais vu tant de fric d'un coup !

Il alla vers le téléphone et commença à faire un numéro. À ce moment, dehors, j'entendis un coup de klaxon qui se répéta deux ou trois fois, comme un signal. Church l'entendit aussi et elle ouvrit la bouche pour crier. Le cri ne sortit pas. Sheila lui avait sauté dessus. D'une main elle la tenait à la gorge et, de l'autre, elle lui fermait les lèvres.

— Faites vite, il est dehors.

Les policiers s'engouffrèrent dans l'escalier. Je les suivis. Ils avaient à peine atteint la porte qu'on entendit un coup de feu. Brent avait tiré d'une voiture située dans la rue juste contre ma propre voi-ture. L'un des policiers se cacha derrière une grande urne. L'autre derrière un arbre. Moi, je ne m'arrêtai pas. J'étais décidé à avoir Brent, même si c'était ma dernière action dans la vie. Je courus vers le bout de la rue aussi vite que je pus, à travers les pelouses. Je savais qu'il lui était impossible de tourner là où il se trouvait. S'il voulait se sauver, il était obligé de passer devant moi. J'atteignis une voiture garée à une cinquantaine de mètres et m'accroupis de façon à ce qu'elle soit entre lui et moi. Il était en seconde maintenant et il accélérait. Je parvins quand même à sauter et à saisir la poignée.

Pendant les dix secondes qui suivirent, je ne sais trop ce qui se passa. La vitesse de la voiture me rejeta en arrière. Je lâchai la poignée et fis effort pour me maintenir malgré tout. Ma tête heurta le marchepied. Je portais encore un bandage sur mon ancienne blessure et cela ne me fit pas de bien. Je réussis pourtant à attraper la poignée de la deuxième portière et je restai pendu là. Tout cela arriva bien plus vite que je ne peux le raconter, mais c'est cer-tainement d'avoir été ainsi repoussé qui me sauva. Brent me crut couché vers l'avant et, de l'intérieur, il tira. Je vis, un à un, les trous apparaître dans la première portière. Une idée folle me traversa l'es-prit. Compter les trous pour savoir combien de balles il tirait. Trois trous se formèrent l'un après l'autre. Brusquement, je compris que c'était non seulement des trous mais aussi des coups de feu et que l'un d'eux venait de derrière. Cela voulait dire que les policiers nous avaient rejoints et que j'étais en plein dans leur ligne de tir. Je voulus lâcher prise et tomber dans la rue, mais je ne le fis pas, car alors j'entendis des cris près de moi. Ils sortaient de la voiture. C'était les fillettes. Je hurlai vers les policiers pour les prévenir, mais juste à cet instant la voiture fit une embardée, s'écrasa sur le trottoir de gauche et s'arrêta.

Je bondis, j'ouvris la portière et je sautai vite à côté de Brent. Ce n'était plus la peine de se hâter. Il était recroquevillé sur le siège, sa tête pendait et le cuir était taché de sang. Un des policiers accourut et ce que nous découvrîmes alors était pitoyable. L'aînée des fillettes, Anna, était couchée sur le tapis et gémissait, tandis que la plus petite, debout sur le coussin, appelait son papa et lui criait de voir ce qu'avait Anna. Leur père ne disait plus rien.

Je fus stupéfait de constater combien ce policier qui avait si mal traité Church pouvait être doux avec les enfants. Il leur parla gentiment, calma la plus jeune en une minute, consola celle qui était blessée. Son camarade courut vers la maison afin de téléphoner pour demander du secours et aussi pour coincer Church avant qu'elle puisse se sauver avec l'argent. Il l'attrapa au moment où elle fonçait sur la porte. Les petites étaient à peine tranquillisées que Sheila était là, ainsi que cinq cents badauds qui sortaient de partout.

Sheila était comme folle, mais elle ne put rien contre le policier. Il ne lui permit pas de toucher à sa fille. Il ne permit pas non plus qu'on remue l'enfant avant l'arrivée des docteurs. Il déclara qu'elle devait rester exactement là où elle se trouvait, sur le plancher de la voiture, et rien de ce que Sheila trouva à lui dire ne lui fit changer d'avis. Je songeai qu'il avait raison et je pris Sheila par la taille. Je tentai de la calmer. Au bout d'une minute ou deux, je la sentis qui se raidissait et je sus qu'elle ferait l'impossible pour rester paisible.

Enfin les ambulances apparurent. On mit Brent dans l'une, Anna dans l'autre. Sheila partit avec elle. Je pris le bébé de trois ans, Charlotte, dans ma voiture. En me quittant, Sheila mit sa main sur mon bras :

— Encore l'hôpital !

— Vous devez en avoir assez…

— Mais cette fois, c'est trop, Dave.

Il fut une heure du matin avant qu'on puisse entrer dans la salle d'opération. Bien avant cela, une nurse avait mis la petite Charlotte au lit. D'après ce qu'elle avait raconté et d'après ce que les policiers et moi-même pûmes recouper, ce n'était pas une balle des policiers qui avait touché Anna.

Voilà ce qui était arrivé : les enfants étaient assoupies sur le siège arrière quand Brent s'était arrêté devant la maison. Elles n'avaient rien compris jusqu'à ce que Brent se mette à tirer sur moi à travers la portière. Alors, l'aînée avait fait un bond et avait parlé à son père. Comme il ne lui répondait pas, elle s'était penchée en avant, juste au moment où il se tournait pour tirer sur les policiers. Au lieu de les atteindre, c'est sa propre fille qu'il avait frappée.

Quand tout fut terminé, je ramenai Sheila chez elle. Je ne la conduisis pas à Glendale. Je l'emmenai chez son père à Westwood. Elle lui avait téléphoné et lui et sa mère l'attendaient. Sheila était l'ombre d'elle-même, ainsi appuyée contre la vitre, les paupières closes :

— Ils vous ont parlé de Brent ?

Elle ouvrit les yeux.

— … Non, comment va-t-il ?

— Il ne sera pas condamné pour meurtre.

— Pourquoi ?

— Il est mort. Sur la table d'opération.

Elle referma les yeux et ne parla pas pendant un moment. Quand elle le fit, ce fut d'une voix lente, monotone :

— Charles était un gentil garçon jusqu'à ce qu'il rencontre cette Church. Je n'ai jamais compris l'effet qu'elle lui faisait. Il était complètement fou d'elle et c'est comme cela qu'il en est venu à faire des bêtises. Cette mascarade de la banque, l'autre matin, c'est une idée à elle, pas à lui.

— Mais pourquoi ? Pourquoi ?

— Sait-on ? Pour se libérer de moi, de mon père. Pour faire échec au monde, à tout. Avez-vous remarqué ce qu'elle m'a dit ? Elle avait la conviction que je voulais le faire arrêter et elle a voulu agir plus vite. Charles était entièrement sous sa coupe et c'est une mauvaise fille. Je me demande même si elle n'est pas un peu folle.

— Elle est pourtant bien moche.

— C'était aussi une des raisons par quoi elle le tenait. Charles n'était pas très mâle. Il devait se sentir un peu sur le qui-vive avec moi, bien que je ne lui aie jamais donné de raisons pour cela. Mais, auprès d'elle, si laide, si effacée il devait se croire un homme. Il éprouvait un sentiment de force. C'est une telle horreur, elle lui apportait sans doute ce que je ne pouvais pas lui procurer.

— Je commence à comprendre.

— N'est-ce pas drôle ? C'était mon mari et qu'il soit mort ne me fait ni plaisir, ni peine, cela m'est simplement égal. Je ne peux penser qu'à ma toute petite qui est restée là-bas…

— Que disent les docteurs ?

— Ils ne savent pas. Cela dépend entièrement de sa constitution. La balle a traversé l'abdomen. Il y a onze perforations. On craint donc la péritonite et peut-être d'autres complications. Ils ne peuvent pas savoir avant deux ou trois jours comment cela se développera. Et elle a perdu tant de sang.

— On lui fera des transfusions.

— Elle en a déjà eu une tandis qu'on l'opérait. C'est pour cela qu'on a attendu. Ils n'osaient pas commencer avant que le docteur soit arrivé.

— S'ils ont besoin de sang, moi, j'en ai à revendre...

Elle se mit à pleurer et s'accrocha à mon bras.

— Même votre sang, Dave ? Y a-t-il une chose que vous ne m'ayez pas donnée ?

— N'en parlons plus.

— Dave ?

— Oui ?

— Si j'avais joué les cartes que Dieu m'a prêtées, cela ne serait pas arrivé. C'est cela qui est affreux. Si je suis punie, je l'aurai mérité. Mais, mon Dieu, que cette punition ne retombe pas sur elle.

XIII

Dès que les policiers reconnurent qu'elle était hors de cause, les journaux furent chics avec Sheila, il faut l'admettre. Ils reprirent toute l'affaire et ils la traitèrent absolument en héroïne. Je ne peux pas me plaindre non plus de ce qu'ils dirent sur moi, quoique j'aurais préféré qu'ils m'oublient. On fit le procès de Church et elle fut expédiée pour quelque temps à Tehachapi. Elle reconnut tout, même d'avoir apporté l'araignée. L'argent étant là, le docteur Rollinson retrouva sa part et la compagnie d'assurances n'eut rien à verser, ce qui la rendit indulgente à ce qui m'avait tenu éveillé tant de nuits.

Mais ce n'était pas de cela dont nous nous inquiétions, Sheila et moi. C'était de cette pauvre enfant toujours à l'hôpital, et ça, c'était affreux. Les docteurs savaient ce qui allait se passer. Pendant deux ou trois jours, elle tint bon et vous auriez cru que tout était bien, quoique sa température montât doucement, mais très régulièrement, que ses yeux devinssent de plus en plus brillants et ses joues de plus en plus rouges. Puis, la péritonite se déclara avec violence. Pendant deux semaines, elle eut beaucoup de fièvre et quand elle sembla baisser, la pneumonie éclata. Durant trois jours, on lui donna de l'oxygène et quand elle revint à elle, elle était si faible qu'on ne crut pas qu'elle pourrait vivre. Et puis, enfin, elle alla mieux.

Deux fois par jour, j'emmenais Sheila à l'hôpital. Je l'accompagnais, nous restions assis à regarder l'enfant et à nous demander ce que nous ferions de nos vies. Je n'en avais pas la moindre idée. Toute l'histoire avec la compagnie d'assurances était terminée, mais on ne m'avait pas dit de reprendre ma place. Je n'y comptais plus. Et en songeant à la façon dont on avait imprimé mon nom dans tous les journaux de la région, je ne savais pas où je pourrais trouver du travail, ni même si j'en trouverais. En matière bancaire, je m'y connaissais un peu évidemment, mais, dans ce domaine, ce qu'il faut avant tout, c'est un nom sans tache.

Et voilà qu'un soir, alors que Sheila et moi nous regardions les fillettes assises sur le lit, penchées sur un livre d'images, la porte s'ouvrit et le Patron entra. C'était la première fois que nous le revoyions depuis qu'il avait dansé avec Sheila, le jour de la fête, la veille de son départ pour Honolulu. Il portait un bouquet qu'il tendit à Sheila en s'inclinant.

— Je me suis arrêté en passant pour voir comment allait votre fille.

Sheila prit les fleurs et détourna la tête pour cacher ce qu'elle ressentait. Elle sonna la nurse et lui demanda de les mettre dans l'eau. Puis elle présenta ses enfants. Le Patron s'assit sur leur lit et s'amusa gentiment avec elles. Elles lui montrèrent leur livre. On rapporta le vase : c'étaient de splendides chrysanthèmes. Sheila remercia le Patron chaudement et il répondit qu'ils venaient de son jardin de Beverley. La nurse sortit et les enfants se calmèrent. Alors Sheila s'assit à côté du Patron, sur le lit, et lui prit la main.

— Comme c'est gentil à vous !

— Oh ! Je peux faire mieux.

Il fouilla dans sa poche et en tira deux minuscules poupées. Les enfants poussèrent des cris de joie et pendant cinq minutes il fut impossible de parler. Mais Sheila tenait toujours la main du Patron ; elle poursuivit :

— Cela ne m'étonne pas d'ailleurs. Je vous attendais.

— Vraiment ?

— Je savais que vous étiez de retour.

— Je suis rentré hier.

— Je savais que vous viendriez.

Le Patron se tourna vers moi et sourit :

— Faut-il que je sois bon danseur... Ma rumba devait être de premier ordre.

— Ça doit être ça.

Sheila se mit à rire, lui baisa la main, se leva et alla s'asseoir sur une chaise. Il se leva aussi et prit une chaise. Puis il regarda ses fleurs et dit :

— Eh bien ! quand on veut faire plaisir à quelqu'un, ne doit-on pas lui apporter des fleurs ?

— Certes, quand on veut faire plaisir, on sait que c'est un des plus sûrs moyens.

Il se tut un instant et reprit :

— Vous êtes vraiment tous les deux la plus jolie paire de fous que je connaisse.

— C'est bien notre avis.

— Mais vous n'êtes pas des escrocs... J'ai appris cette affaire par les journaux à Honolulu. Depuis mon retour j'ai lu tout ce qui se rapporte à vous depuis le début jusqu'à la fin. Si j'avais été présent, je vous l'aurais fait payer exactement comme l'a fait Lou Frazier. Il a agi comme il le devait. Je n'ai rien à lui reprocher. Mais je n'étais pas là, j'étais loin, j'en suis heureux, je l'avoue. Et maintenant que je suis de retour, je ne trouve rien à vous reprocher. Ce que vous avez fait était contre toute prudence ; mais, moralement, ce n'était pas mal. C'était surtout stupide. Mais ne sommes-nous pas tous stupides à un moment ou à un autre ? Est-ce que je n'aurais pas agi de même, moi, après cette rumba ?

Il s'arrêta et se couvrit les yeux de ses doigts, nous regardant au travers. Puis il poursuivit :

— Mais... la maison mère est sévère et elle a raison. Quoique Lou Frazier ne soit plus aussi furieux qu'il l'a été, il n'est pas calmé encore. Je crois, Bennett, que vous ne devez pas rester ici pendant quelque temps, au moins tant que cet orage ne sera pas apaisé et oublié. Or, j'ai décidé d'ouvrir une succursale à Honolulu. Voulez-vous vous en charger ?

Mes enfants, est-ce qu'un chat refuse une souris ?

Et c'est à Honolulu que nous sommes maintenant, tous les cinq : Sheila et moi, Anna, Charlotte et Arthur, le petit dernier dont je ne vous ai pas encore parlé. Il est arrivé un an après l'ouverture de la succursale et nous lui avons donné le prénom du Patron. Ils sont tous sur la plage et, tandis que j'écris sur ma véranda, je les vois. Ma femme est bigrement jolie dans son maillot de bain. Le Patron est venu, il y a deux semaines. Il nous a appris que Lou Frazier était transféré dans l'Est et que, par conséquent, rien ne s'opposait plus à ce que je revienne dès qu'il y aurait un poste pour moi. Mais je ne sais pas. Nous sommes si bien ici. Sheila s'y

plaît, les enfants aussi et le travail marche admirablement. Et puis, à vrai dire : je n'ai pas très envie
de donner au Patron l'occasion de danser de nouveau une rumba avec Sheila.

DÉCOUVREZ LES FOLIO À 2 €

F. S. FITZGERALD   *La Sorcière rousse*, précédé de *La coupe de cristal taillé* (Folio nº 3622)

Deux nouvelles tendres et désenchantées dans l'Amérique des Années folles.

R. GARY   *Une page d'histoire* et autres nouvelles (Folio nº 3753)

Quelques nouvelles poétiques, souvent cruelles et désabusées, d'un grand magicien du rêve.

J. GIONO   *Arcadie... Arcadie...*, précédé de *La pierre* (Folio nº 3623)

Avec lyrisme et poésie, Giono offre une longue promenade à la rencontre de son pays et de ses hommes simples.

W. GOMBROWICZ   *Le festin chez la comtesse Fritouille et autres nouvelles* (Folio nº 3789)

Avec un humour décapant, Gombrowicz nous fait pénétrer dans un monde où la fable grimaçante côtoie le grotesque et la réalité frôle sans cesse l'absurde.

H. GUIBERT   *La chair fraîche* et autres textes (Folio nº 3755)

De son écriture précise comme un scalpel, Hervé Guibert nous offre de petits récits savoureux et des portraits hauts en couleur.

E. HEMINGWAY   *L'étrange contrée* (Folio nº 3790)

Réflexion sur l'écriture et l'amour, ce court roman rassemble toutes les obsessions d'un des géants de la littérature américaine.

E. T. A. HOFFMANN   *Le Vase d'or* (Folio nº 3791)

À la fois conte fantastique, quête initiatique et roman d'amour, *Le Vase d'or* mêle onirisme, romantisme et merveilleux.

H. JAMES   *Daisy Miller* (Folio nº 3624)

Un admirable portrait d'une femme libre dans une société engoncée dans ses préjugés.

F. KAFKA   *Lettre au père* (Folio nº 3625)

Réquisitoire jamais remis à son destinataire, tentative obstinée pour comprendre, la *Lettre au père* est au centre de l'œuvre de Kafka.

M. VARGAS LLOSA   *Les chiots* (Folio n° 3760)

Mario Vargas Llosa, écrivain engagé, raconte l'histoire d'un nau-
frage dans un texte dur et réaliste.

P. VERLAINE   *Chansons pour elle* et autres poèmes
érotiques (Folio n° 3700)

Trois courts recueils de poèmes à l'érotisme tendre et ambigu.

Composition Interligne
Impression Novoprint
à Barcelone, le 3 décembre 2002
Dépôt légal : décembre 2002
ISBN 2-07-042672-6./Imprimé en Espagne.

120441